COLONOS

Le Royaume où la Vie se Déchire

WKT. ZONGO

COLONOS

Le Royaume où la Vie se Déchire

En application de l'art. L.137-2.-I. du code de la propriété intellectuelle, toute reproduction et/ou divulgation de parties de l'oeuvre dépassant le volume prévu par la loi est expressément interdite.

© WKT. ZONGO ; 2025

Édition : BoD · Books on Demand, 31 avenue Saint-Rémy, 57600 Forbach, bod@bod.fr
Impression : Libri Plureos GmbH, Friedensallee 273, 22763 Hamburg (Allemagne)

ISBN : 978-2-3225-5802-5
Dépôt légal : Mars 2025

PROLOGUE : LES LOIS INVISIBLES

Les anciens disaient que Colonos n'avait pas été bâtie, mais qu'elle était née. Que ses murs n'avaient pas été érigés, mais qu'ils avaient grandi. Que ses habitants n'avaient pas été créés, mais qu'ils s'étaient éveillés à la conscience, chacun avec un rôle précis à jouer dans l'immense symphonie de la cité vivante.

La lumière n'existait pas vraiment à Colonos. Du moins, pas comme les légendes décrivaient la lumière du monde extérieur. Ici, tout baignait dans une lueur diffuse, rougeâtre dans les Canaux Écarlates, bleutée près de la Citadelle Centrale, verdâtre dans les profondeurs des Marais Digestifs. Une chaleur constante imprégnait chaque recoin de la cité, pulsant au rythme des battements incessants qui provenaient des Chambres Pulsantes.

Valen Leucos se tenait immobile sur l'une des arches surplombant le Grand Canal Écarlate, observant le flot ininterrompu de Transporteurs Rouges qui naviguaient en formation serrée. Leur mission était immuable : apporter l'Essence Dorée aux confins de Colonos et ramener la Brume Toxique vers les Cavernes Pulmonaires. Éternel cycle, éternelle constance. Le Grand Équilibre, comme l'appelaient les Sages de la Citadelle.

Sa cape blanche ondulait légèrement, portée par les courants invisibles qui parcouraient Colonos. L'armure argentée qui recouvrait son corps reflétait les lueurs rougeoyantes du Canal, lui donnant l'apparence d'une flamme vivante. Commandant des Sentinelles Immunis, Valen avait consacré sa vie à la protection de Colonos contre les Invasions Extérieures et les déséquilibres internes.

"Commandant," murmura une voix derrière lui.

Valen ne se retourna pas immédiatement. Il connaissait cette voix, celle de Lyra Nervalis, la plus rapide des Messagères du Réseau. Si elle venait à lui directement plutôt que d'envoyer une impulsion par les Filaments Argentés, c'est que l'affaire était grave.

"Parle, Lyra," dit-il enfin, ses yeux toujours fixés sur le flux écarlate en contrebas.

"Les éclaireurs ont repéré quelque chose d'inhabituel dans le secteur des Marais Digestifs. Une... anomalie."

Valen se raidit imperceptiblement. Le mot "anomalie" n'était jamais prononcé à la légère à Colonos.

"De quel type ?"

"Incertain. Les Sentinelles locales parlent d'une zone où les Forteresses Cellulaires se comportent... différemment. Elles ne répondent plus aux Chants des Gardiens. Certaines semblent se multiplier sans respecter les Cycles de Renouveau."

Cette fois, Valen se tourna complètement, son regard perçant scrutant le visage fin de Lyra. Ses cheveux argentés, caractéristiques des habitants du Réseau Nervalis, semblaient presque liquides sous la lumière diffuse.

"Depuis combien de temps ?"

"Trois cycles complets des Chambres Pulsantes. Le phénomène s'étend."

Valen serra les poings. Trois cycles. Trop long pour une simple perturbation passagère. Trop court pour avoir déjà alerté le Conseil des Régions.

"As-tu informé la Citadelle ?"

Lyra secoua la tête. "J'ai pensé qu'il valait mieux vous consulter d'abord, Commandant. Les Sages sont... préoccupés par d'autres questions ces derniers temps."

Valen savait ce qu'elle sous-entendait. Les Sages de la Citadelle Centrale, bien que brillants, avaient tendance à se perdre dans leurs théories et leurs débats philosophiques sur le Grand Équilibre. Pendant ce temps, c'étaient les Sentinelles Immunis qui maintenaient réellement l'ordre dans Colonos.

"Tu as bien fait," dit-il en posant une main sur l'épaule de la messagère. "Rassemble une escouade de Lanciers et de Dévoreurs. Nous partons pour les Marais Digestifs immédiatement."

Lyra hocha la tête et disparut presque instantanément, son corps se fondant dans l'un des nombreux Filaments Argentés qui parcouraient les parois de Colonos, transportant sa conscience à une vitesse vertigineuse vers les casernes des Sentinelles.

Resté seul, Valen leva les yeux vers la voûte lointaine qui surplombait Colonos. Personne ne savait vraiment ce qui se trouvait au-delà. Certains disaient qu'il n'y avait rien, que Colonos était tout ce qui existait. D'autres, comme Mira Hémata, la Mage-Réparatrice avec qui il avait parfois collaboré, suggéraient que Colonos n'était qu'une partie d'un tout bien plus vaste, régi par des lois invisibles que même les Sages ne comprenaient pas entièrement.

Un frisson parcourut l'échine de Valen. Il avait combattu d'innombrables menaces au cours de sa longue existence : des Invasions Extérieures venues des Frontières Dermiques, des Blocages dans les Canaux Écarlates, des Tempêtes Inflammatoires dans les régions blessées. Mais quelque chose dans le rapport de Lyra éveillait en lui une inquiétude plus profonde.

Des Forteresses Cellulaires qui se multipliaient sans respecter les Cycles... Cela allait à l'encontre des lois les plus fondamentales de Colonos. Chaque habitant, du plus humble Transporteur Rouge au plus sage des Archivistes, connaissait sa place et son rôle. La structure même de la cité dépendait de cet ordre immuable.

Valen ajusta son épée lumineuse à sa ceinture et s'éloigna de l'arche d'un pas décidé. Quoi que soit cette anomalie, il était de son devoir de l'examiner et, si nécessaire, de l'éradiquer avant qu'elle ne perturbe le Grand Équilibre.

Ce qu'il ignorait encore, c'est que ce qu'il allait découvrir dans les Marais Digestifs n'était pas une simple anomalie. C'était le début d'une transformation qui allait ébranler les fondements mêmes de Colonos et révéler des vérités que beaucoup préféraient ignorer.

Car dans les profondeurs humides des Marais, quelque chose de nouveau prenait forme. Quelque chose qui se proclamait "libérateur" mais que d'autres appelleraient "corruption". Et au cœur de cette entité grandissante se trouvait une question troublante : et si le Grand Équilibre tant vénéré n'était qu'une illusion ? Et si Colonos était destinée à évoluer, à se transformer, même au prix de la souffrance ?

Tandis que Valen se dirigeait vers les casernes pour préparer son expédition, les Chambres Pulsantes continuaient leur rythme imperturbable, poussant le Flux Vital à travers les innombrables Canaux de Colonos. Et dans ce Flux, invisibles même aux yeux perçants des Sentinelles, de minuscules Graines Noires commençaient déjà leur voyage silencieux vers d'autres régions de la cité.

La Corruption s'éveillait.

À plusieurs lieues de là, dans les hauteurs vertigineuses de la Citadelle Centrale, Mira Hémata se penchait sur un ancien parchemin, ses doigts fins traçant les symboles complexes qui y étaient inscrits. La salle circulaire où elle travaillait était remplie d'étagères croulant sous le poids de rouleaux similaires, certains si anciens que leur matière semblait sur le point de se dissoudre au moindre toucher.

Mira n'était pas une Sage de la Citadelle, mais son statut de Mage-Réparatrice lui donnait accès aux Archives Ancestrales, là où étaient conservées les connaissances les plus précieuses de Colonos. Son domaine d'expertise – les Flux Vitaux et leurs perturbations – faisait d'elle une alliée précieuse pour les Sentinelles Immunis, même si certains Sages voyaient d'un mauvais œil cette collaboration entre le savoir et la force.

"Tu cherches encore des réponses dans ces vieilles reliques, Mira ?"

La voix grave la fit sursauter. Throm Osseus se tenait dans l'encadrement de la porte, sa silhouette massive projetant une ombre allongée sur le sol de la bibliothèque. Gardien des Piliers Structurels, Throm était l'un des plus anciens habitants de Colonos, son corps massif témoignant de la solidité qu'il apportait à la cité.

"Ces 'reliques', comme tu les appelles, contiennent peut-être les clés pour comprendre les changements que j'observe dans le Flux," répondit Mira sans lever les yeux de son parchemin.

Throm s'approcha, ses pas lourds résonnant dans le silence feutré de la bibliothèque. "Quels changements ?"

Mira hésita un instant. Throm était un allié, mais aussi un traditionaliste convaincu. Il croyait fermement que l'ordre établi de Colonos était sacré et immuable.

"Des fluctuations inhabituelles dans la composition du Flux Vital. Des Transporteurs Rouges qui semblent... affaiblis. Et des rapports troublants venant des régions périphériques."

"Les Sentinelles s'occupent des perturbations périphériques," grommela Throm. "C'est leur rôle, pas le tien."

Mira leva enfin les yeux, son regard bleu intense croisant celui, ambré, du vieux gardien. "Et si ces perturbations n'étaient pas des incidents isolés, Throm ? Si elles faisaient partie d'un schéma plus large ?"

"Tu vois des complots là où il n'y a que des déséquilibres temporaires," soupira Throm. "Colonos a traversé des crises bien pires au cours de son histoire. Les Grandes Tempêtes Fébriles, les Invasions Massives... À chaque fois, l'Équilibre a été restauré."

"Peut-être," concéda Mira. "Ou peut-être que nous n'avons jamais vraiment compris ce qu'est l'Équilibre."

Cette remarque sembla troubler Throm, dont les épais sourcils se froncèrent. "Fais attention, Mira. Ce genre de pensées frise l'hérésie aux yeux du Conseil."

Mira referma doucement le parchemin et se leva, lissant les plis de sa robe bleue aux reflets argentés. "L'hérésie d'aujourd'hui est souvent la vérité de demain, mon ami."

Avant que Throm ne puisse répondre, un éclat argenté traversa la pièce, se matérialisant en la forme élancée d'un jeune Messager du Réseau Nervalis.

"Mage Hémata," dit-il en s'inclinant légèrement, "le Commandant Leucos requiert votre présence. Une expédition se prépare pour les Marais Digestifs. Une anomalie a été détectée."

Mira et Throm échangèrent un regard lourd de sens. Les "anomalies" étaient rares à Colonos, et jamais bénignes.

"Dis au Commandant que je le rejoindrai aux Portes des Marais," répondit Mira. Puis, se tournant vers Throm : "Il semblerait que mes inquiétudes n'étaient pas si infondées, après tout."

Le vieux gardien secoua lentement sa tête massive. "Sois prudente, Mira. Les Marais Digestifs sont... imprévisibles. Et si cette anomalie est ce que je crains..."

"Que crains-tu, exactement ?" demanda Mira, intriguée par la soudaine appréhension de son ami habituellement stoïque.

Throm baissa la voix, bien qu'ils fussent seuls désormais, le Messager étant reparti aussi vite qu'il était venu.

"Il y a des légendes, Mira. Des histoires que même les Sages préfèrent oublier. Elles parlent d'une force ancienne, tapie dans les profondeurs de Colonos. Une force qui ne cherche ni l'équilibre, ni l'harmonie, mais la transformation pure. Certains l'appellent la Corruption Noire."

Mira sentit un frisson parcourir son corps. "Tu crois aux légendes, maintenant ?"

"Je crois que toute légende contient une part de vérité," répondit gravement Throm. "Et si cette vérité se réveille aujourd'hui, alors Colonos tout entière pourrait être en danger."

Sur ces paroles inquiétantes, Mira rassembla quelques parchemins qu'elle glissa dans sa sacoche. Quelles que soient les découvertes qui l'attendaient dans les Marais Digestifs, elle aurait besoin de toutes les connaissances disponibles.

"Je te tiendrai informé," promit-elle à Throm avant de quitter la bibliothèque.

Alors qu'elle descendait les innombrables escaliers en spirale de la Citadelle Centrale, Mira ne pouvait s'empêcher de repenser aux paroles de Throm. La Corruption Noire... Une force de transformation pure. Était-ce vraiment une menace, ou simplement une autre facette de l'évolution naturelle de Colonos ?

En tant que Mage-Réparatrice, son devoir était de maintenir l'intégrité du Flux Vital et de soigner les blessures de la cité. Mais une partie d'elle, celle qui avait toujours questionné les dogmes des Sages, se demandait si certaines transformations n'étaient pas nécessaires. Si l'Équilibre tant vénéré n'était pas parfois un frein à l'évolution.

Ces pensées l'accompagnèrent tandis qu'elle traversait les grandes artères de Colonos, se dirigeant vers les frontières brumeuses des Marais Digestifs où Valen et ses Sentinelles l'attendaient déjà, prêts à affronter l'inconnu.

Ce qu'aucun d'eux ne soupçonnait, c'est que l'anomalie qu'ils s'apprêtaient à découvrir n'était que la partie visible d'une transformation bien plus profonde. Une transformation qui remettrait en question tout ce qu'ils croyaient savoir sur Colonos et sur eux-mêmes..

CHAPITRE 1 :

LES SENTINELLES VIGILANTES

Le soleil n'existait pas à Colonos. Pourtant, la cité connaissait ses propres cycles de luminosité, une pulsation régulière qui guidait l'existence de ses habitants. C'était l'un des nombreux mystères que même les Sages de la Citadelle Centrale n'expliquaient que par des métaphores et des allégories.

L'escouade de Valen Leucos progressait lentement à travers les méandres des Canaux Secondaires, ces passages étroits qui reliaient les grandes artères écarlates de Colonos. Ici, loin des courants principaux, le Flux Vital s'écoulait plus lentement, sa lueur rougeoyante à peine suffisante pour éclairer le chemin. Les parois humides et pulsantes semblaient se resserrer autour d'eux, comme si la cité elle-même retenait son souffle.

"Nous approchons des Marais Digestifs, Commandant," annonça l'un des éclaireurs, un Lancier nommé Thorn dont la lance lumineuse projetait des ombres dansantes sur les murs organiques.

Valen hocha la tête sans répondre. Son attention était fixée sur les subtils changements dans l'environnement. L'air devenait plus épais, chargé d'odeurs âcres et douceâtres à la fois. Les pulsations des parois s'accéléraient légèrement, signe que les Chambres Pulsantes augmentaient leur débit pour alimenter cette région en Flux Vital.

Derrière lui, six Sentinelles Immunis avançaient en formation serrée. Quatre Lanciers, reconnaissables à leurs armures légères et leurs armes effilées capables de transpercer les envahisseurs les plus résistants. Deux Dévoreurs, massifs et silencieux, leurs armures sombres contrastant avec le blanc éclatant des autres Sentinelles. Les Dévoreurs étaient les spécialistes de l'élimination, capables d'engloutir et de dissoudre les menaces les plus tenaces.

Et à ses côtés marchait Mira Hémata, la Mage-Réparatrice. Sa présence avait surpris Valen lorsqu'elle s'était présentée aux Portes des Marais. Habituellement, les Mages-Réparateurs n'intervenaient qu'après les combats, pour soigner les blessures de Colonos et restaurer l'équilibre perturbé. Qu'elle ait choisi de les accompagner témoignait de la gravité de la situation.

"Tu es bien silencieux, Valen," remarqua Mira, sa voix douce mais ferme brisant le silence oppressant.

"Je réfléchis," répondit-il laconiquement.

"À quoi exactement ?"

Valen ralentit légèrement, laissant les autres Sentinelles prendre un peu d'avance pour pouvoir parler plus librement.

"À ce que nous allons trouver. Les rapports parlent de Forteresses Cellulaires qui se comportent anormalement. Qui se multiplient sans respecter les Cycles."

"Et cela t'inquiète."

Ce n'était pas une question. Mira avait toujours eu cette capacité troublante à lire en lui comme dans l'un de ses précieux parchemins.

"Bien sûr que cela m'inquiète," admit Valen. "Notre rôle est de maintenir l'ordre à Colonos. De protéger le Grand Équilibre. Si des Forteresses commencent à ignorer les lois fondamentales..."

"Peut-être que ces lois ne sont pas aussi fondamentales que nous le pensons," suggéra Mira, ses yeux bleus scrutant la réaction du Commandant.

Valen s'arrêta net, forçant Mira à faire de même. "C'est ce genre de pensées qui mène au chaos, Mira. Colonos fonctionne selon des règles précises depuis... depuis toujours. Chaque habitant a sa place, son rôle. C'est ce qui nous permet de survivre."

"Ou peut-être est-ce ce qui nous empêche d'évoluer," répliqua-t-elle calmement.

Avant que Valen ne puisse répondre, un cri retentit à l'avant. L'un des Lanciers leur faisait signe d'approcher rapidement. Le débat philosophique devrait attendre.

Ils rejoignirent le reste de l'escouade qui s'était arrêté à la jonction entre le Canal Secondaire et une vaste caverne aux parois spongieuses. L'entrée des Marais Digestifs.

"Qu'avez-vous trouvé ?" demanda Valen, sa main se posant instinctivement sur le pommeau de son épée lumineuse.

Le Lancier pointa sa lance vers l'intérieur de la caverne. "Regardez, Commandant. Sur les parois."

Valen plissa les yeux, scrutant l'obscurité verdâtre. Au début, il ne vit rien d'anormal. Les Marais Digestifs avaient toujours cet aspect chaotique, avec leurs surfaces irrégulières et leurs poches de gaz qui éclataient occasionnellement. C'était là que les ressources de Colonos étaient traitées, transformées en énergie utilisable par le reste de la cité.

Puis il les vit. De petites excroissances sombres, presque noires, qui parsemaient les parois. Elles semblaient pulser d'une vie propre, désynchronisée du rythme général de Colonos.

"Des Graines," murmura Mira, s'avançant pour mieux voir. "Mais pas comme celles que j'ai déjà observées."

"Graines ?" répéta Valen, perplexe. "Tu veux dire comme les Graines de Renouveau que les Bâtisseurs plantent après une blessure ?"

Mira secoua la tête, ses longs cheveux argentés captant les reflets verdâtres de la caverne. "Non. Celles-ci sont différentes. Plus sombres. Plus... autonomes."

Elle s'approcha davantage, ignorant le geste de Valen qui tentait de la retenir. Avec précaution, elle tendit la main vers l'une des excroissances, sans toutefois la toucher. Ses doigts se mirent à luire d'une douce lumière bleue, une manifestation de ses pouvoirs de Mage-Réparatrice.

"Elles absorbent le Flux Vital," annonça-t-elle après un moment d'observation. "Mais au lieu de l'utiliser pour renforcer les structures existantes, elles... le détournent. Pour créer quelque chose de nouveau."

"Quelque chose de dangereux ?" demanda l'un des Dévoreurs, sa voix caverneuse résonnant étrangement dans la caverne.

"Quelque chose de différent," corrigea Mira. "Je ne peux pas encore dire si c'est dangereux ou bénéfique."

Valen s'approcha à son tour, examinant les excroissances avec méfiance. "Combien y en a-t-il ?"

"Des centaines, rien que dans cette section des Marais," répondit le Lancier qui avait donné l'alerte. "Et elles semblent se propager."

"Nous devons les éliminer," décréta Valen, dégainant son épée. La lame s'illumina instantanément, projetant une lumière argentée qui fit reculer les ombres. "Avant qu'elles ne contaminent d'autres régions."

"Attends," intervint Mira, posant une main sur son bras. "Nous ne savons pas ce qu'elles sont exactement. Les détruire sans comprendre pourrait être plus dangereux que de les laisser."

"Ma mission est claire, Mira. Toute anomalie qui menace l'équilibre de Colonos doit être neutralisée."

"Et si cette anomalie faisait partie d'un processus naturel que nous ne comprenons pas encore ?" insista-t-elle. "Les Archives Ancestrales mentionnent des périodes de transformation dans l'histoire de Colonos. Des moments où de nouvelles structures sont apparues, où de nouvelles fonctions se sont développées."

Valen hésita, son regard passant de Mira aux excroissances noires. Il respectait le savoir de la Mage-Réparatrice, mais son instinct de Sentinelle lui criait que ces Graines, quelles qu'elles soient, représentaient une menace.

"Nous allons prélever un échantillon," décida-t-il finalement. "Un seul. Tu pourras l'étudier à la Citadelle. Le reste sera détruit."

Mira ouvrit la bouche pour protester, mais le regard déterminé de Valen l'en dissuada. Elle connaissait suffisamment le Commandant pour savoir quand un compromis était le mieux qu'elle pouvait espérer.

"Très bien," concéda-t-elle. "Mais laisse-moi choisir l'échantillon. Et promets-moi que tu attendras mes conclusions avant d'étendre cette... purge à d'autres régions."

Valen acquiesça à contrecœur. "Tu as jusqu'au prochain cycle des Chambres Pulsantes. Pas plus."

Tandis que Mira s'affairait à sélectionner et prélever avec précaution l'une des Graines noires, Valen organisa ses Sentinelles en formation d'élimination. Les Lanciers se positionnèrent en cercle, leurs armes pointées vers les parois infestées, pendant que les Dévoreurs se préparaient à absorber et dissoudre les résidus.

"Commandant," appela soudain l'un des Lanciers, sa voix trahissant une inquiétude inhabituelle. "Il y a quelque chose d'autre ici."

Valen se tourna vivement vers le Lancier qui pointait sa lance vers le fond de la caverne, là où les Marais Digestifs s'enfonçaient plus profondément dans les entrailles de Colonos.

Une silhouette se tenait dans l'ombre, à peine visible dans la pénombre verdâtre. Humanoïde, mais étrangement déformée, comme si sa structure même était en pleine transformation. Des excroissances similaires aux Graines noires parsemaient son corps, pulsant au même rythme désynchronisé.

"Identifiez-vous !" ordonna Valen, son épée levée en position de combat.

La silhouette s'avança lentement, révélant un visage qui avait dû être celui d'une Sentinelle autrefois, mais qui était maintenant partiellement recouvert par une substance noire et luisante. Un œil était toujours reconnaissable, brillant d'une intelligence troublante.

"Je suis Morbius," répondit la créature d'une voix rauque mais articulée. "Autrefois Sentinelle comme toi, Valen Leucos. Maintenant, je suis bien plus."

Valen sentit un frisson parcourir son échine. Il connaissait ce nom. Morbius avait été un Commandant respecté, disparu lors d'une mission dans les régions profondes de Colonos, plusieurs cycles auparavant. On l'avait présumé dissous dans quelque accident tragique.

"Que t'est-il arrivé ?" demanda Valen, maintenant sa posture de combat mais retenant ses Sentinelles d'un geste.

Un sourire déforma le visage partiellement transformé de Morbius. "J'ai vu la vérité, Valen. J'ai compris que le Grand Équilibre n'est qu'un mensonge. Une cage dorée qui nous empêche de réaliser notre véritable potentiel."

"Il délire," gronda l'un des Dévoreurs. "La corruption a atteint son esprit."

"Non," intervint Mira, qui s'était rapprochée silencieusement, l'échantillon de Graine noire soigneusement emballé dans un cristal de confinement. "Il est parfaitement lucide. Différent, mais lucide."

Morbius inclina légèrement la tête vers Mira, comme en signe de reconnaissance. "La Mage-Réparatrice voit plus clair que les Sentinelles. Peut-être parce qu'elle n'est pas aveuglée par des siècles de dogme."

"Quel est ton but, Morbius ?" demanda directement Valen, ignorant la provocation. "Pourquoi répandre ces... Graines dans les Marais ?"

"Ce ne sont pas des Graines, Valen. Ce sont des Clés. Des Clés pour déverrouiller le véritable potentiel de Colonos." Morbius écarta les bras, englobant la caverne d'un geste. "Regarde autour de toi. Cette cité, notre monde, est capable de tellement plus que ce que les Sages nous ont fait croire. Nous pouvons évoluer, nous transformer, devenir plus forts."

"Au prix de quel chaos ?" rétorqua Valen. "Ces excroissances perturbent les fonctions naturelles des Marais. Elles détournent le Flux Vital. Si elles se propagent..."

"Si elles se propagent, Colonos changera," compléta Morbius. "Et le changement fait peur à ceux qui profitent de l'ordre établi, n'est-ce pas, Commandant ?"

Valen sentit la colère monter en lui. Non pas à cause de l'accusation, mais parce qu'une part de lui-même ne pouvait s'empêcher de se demander si Morbius n'avait pas raison. Le Grand Équilibre avait-il vraiment été conçu pour le bien de tous, ou servait-il à maintenir certains en position de pouvoir ?

Il chassa rapidement ces pensées dangereuses. "Assez parlé. Au nom du Conseil des Régions et du Grand Équilibre, je te déclare ennemi de Colonos. Rends-toi, ou nous serons contraints de t'éliminer."

Le sourire de Morbius s'élargit, révélant des dents qui semblaient avoir été aiguisées. "Tu ne peux pas éliminer le futur, Valen. Tu peux seulement choisir d'en faire partie ou de te dresser sur son chemin."

D'un geste fluide, presque trop rapide pour être suivi des yeux, Morbius plongea sa main dans la paroi spongieuse derrière lui. La surface se mit à onduler, comme agitée par une vague invisible. Puis, avec un bruit de succion, des dizaines de créatures émergèrent des murs, du sol, du plafond de la caverne.

Elles ressemblaient vaguement à des Sentinelles, mais transformées, adaptées. Certaines avaient des membres allongés, terminés par des griffes acérées. D'autres semblaient avoir fusionné avec des éléments des Marais, leur peau prenant la texture spongieuse des parois. Toutes portaient les mêmes excroissances noires que Morbius, pulsant à l'unisson.

"Voici les Libérateurs," annonça Morbius avec une fierté manifeste. "D'anciens habitants de Colonos qui ont embrassé la transformation. Qui ont compris que l'évolution est notre destin."

Valen et ses Sentinelles se mirent immédiatement en position défensive, formant un cercle autour de Mira qui, bien que capable de se défendre, n'était pas une combattante.

"Nous ne cherchons pas le conflit, Valen," poursuivit Morbius, sa voix soudain plus douce, presque nostalgique. "Nous voulons simplement que Colonos réalise son potentiel. Rejoins-nous. Avec ton influence auprès des autres Sentinelles, nous pourrions guider cette transformation, la rendre moins... douloureuse."

"Jamais," répondit Valen sans hésitation. "Mon devoir est de protéger Colonos, pas de la transformer selon tes délires."

Le visage de Morbius se durcit, toute trace de camaraderie disparaissant. "Alors tu mourras avec l'ancien ordre, Commandant. Et tes Sentinelles avec toi."

Sur un geste de sa main déformée, les Libérateurs se jetèrent à l'attaque.

Le combat qui s'ensuivit fut brutal et chaotique. Les Lanciers transpercèrent plusieurs créatures de leurs armes lumineuses, mais pour chaque Libérateur qui tombait, deux autres semblaient émerger des parois. Les Dévoreurs absorbaient ceux qui s'approchaient trop près, leur corps massif engloutissant les assaillants avant de les dissoudre dans leur armure spécialisée.

Valen se battait avec la précision et l'efficacité qui avaient fait sa réputation. Son épée traçait des arcs de lumière dans l'obscurité verdâtre, tranchant membres et têtes avec une égale facilité. Mais même lui commençait à sentir la fatigue s'installer. Les Libérateurs étaient plus résistants que les menaces habituelles, leur corps transformé semblant capable de régénérer partiellement les blessures infligées.

Au centre du cercle défensif, Mira n'était pas inactive. Ses mains luisaient d'une intense lumière bleue, projetant des vagues d'énergie réparatrice qui renforçaient les Sentinelles et ralentissaient les Libérateurs. Mais ses pouvoirs, conçus pour soigner et restaurer, avaient une efficacité limitée contre ces créatures dont la nature même semblait être la transformation.

"Nous ne tiendrons pas longtemps !" cria l'un des Lanciers, repoussant difficilement trois Libérateurs qui tentaient de briser leur formation.

Valen le savait. Ils étaient en infériorité numérique, dans un environnement hostile, face à un ennemi dont ils ne comprenaient pas pleinement la nature. La retraite stratégique était leur seule option.

"Mira !" appela-t-il par-dessus le tumulte du combat. "Peux-tu créer une diversion ?"

La Mage-Réparatrice hocha la tête, comprenant instantanément. Elle ferma les yeux, concentrant son énergie, puis frappa le sol de ses paumes ouvertes. Une onde de choc bleue se propagea en cercle, repoussant momentanément les Libérateurs et créant un bref répit.

"Repli vers le Canal !" ordonna Valen, couvrant la retraite de ses Sentinelles.

Ils reculèrent en bon ordre, maintenant leur formation défensive tout en se dirigeant vers l'entrée de la caverne. Les Libérateurs les poursuivaient, mais semblaient hésiter à s'approcher trop près du Canal Secondaire, comme si quelque chose dans cet environnement les rebutait.

Morbius observait la scène sans bouger, son unique œil visible fixé sur Valen avec une expression indéchiffrable.

"Ce n'est que le début, Commandant !" lança-t-il alors que Valen et son escouade atteignaient l'entrée du Canal. "La transformation est déjà en marche. Tu ne peux pas l'arrêter, seulement choisir ton camp."

Valen ne répondit pas, concentré sur la protection de ses Sentinelles et de Mira. Une fois tous entrés dans le Canal Secondaire, les Libérateurs cessèrent effectivement leur poursuite, s'arrêtant à la limite entre les Marais et le Canal comme si une barrière invisible les retenait.

"Pourquoi ne nous suivent-ils pas ?" demanda l'un des Lanciers, haletant sous l'effort du combat.

"Le Flux Vital est plus pur ici," expliqua Mira, examinant les parois pulsantes du Canal. "Plus... ordonné. Leur nature chaotique est repoussée par cette harmonie."

Valen rengaina son épée, son regard toujours fixé sur l'entrée des Marais où les silhouettes des Libérateurs se découpaient dans la lueur verdâtre. "Cela nous donne un avantage tactique. Mais pour combien de temps ?"

"Pas longtemps," répondit gravement Mira, montrant le cristal de confinement qui contenait l'échantillon de Graine noire. À l'intérieur, l'excroissance pulsait plus rapidement, comme excitée par la proximité du combat. "Ces choses, quelles qu'elles soient, s'adaptent. Évoluent. Si elles trouvent un moyen de survivre dans le Flux pur..."

Elle n'eut pas besoin de finir sa phrase. Tous comprenaient l'implication. Si les Libérateurs et leurs Graines noires parvenaient à s'adapter au Flux Vital des Canaux, rien ne pourrait les empêcher de se propager dans tout Colonos.

"Nous devons informer le Conseil," décida Valen. "Et renforcer les défenses autour des Marais Digestifs. Aucun Libérateur ne doit en sortir."

Alors qu'ils s'éloignaient, progressant rapidement dans le Canal Secondaire vers les grandes artères de Colonos, Valen ne pouvait s'empêcher de repenser aux paroles de Morbius. La transformation est déjà en marche. Était-il déjà trop tard ? Et plus troublant encore : et si cette transformation n'était pas une menace, mais une évolution nécessaire que son conditionnement de Sentinelle l'empêchait de comprendre ?

Il jeta un regard à Mira qui marchait silencieusement à ses côtés, son visage reflétant une concentration intense alors qu'elle étudiait l'échantillon pulsant dans son cristal. Elle avait toujours eu cette capacité à voir au-delà des dogmes, à questionner ce que d'autres acceptaient comme des vérités immuables.

Peut-être que les réponses qu'elle trouverait dans cet échantillon détermineraient non seulement le destin de Colonos, mais aussi le sien propre.

Dans les hauteurs vertigineuses de la Citadelle Centrale, le Conseil des Régions s'était réuni en session extraordinaire. Autour de la Table des Confluences, une structure circulaire où convergeaient des filaments représentant chaque région majeure de Colonos, douze Sages écoutaient avec une attention grave le rapport de Valen.

Le Commandant des Sentinelles Immunis se tenait au centre, son armure encore marquée par le récent combat, relatant leur découverte dans les Marais Digestifs et leur confrontation avec Morbius et ses Libérateurs.

"Ces créatures se multiplient rapidement," conclut-il. "Et leur leader, Morbius, semble posséder une intelligence et une stratégie qui le rendent particulièrement dangereux. J'ai ordonné un blocus complet des Marais, mais je crains que cela ne soit qu'une mesure temporaire."

Un murmure inquiet parcourut l'assemblée. Throm Osseus, qui siégeait au Conseil en tant que représentant des Piliers Structurels, se leva pesamment.

"Commandant Leucos, vous dites que ces... Libérateurs sont d'anciens habitants de Colonos transformés par ces Graines noires ?"

"C'est ce que Morbius a affirmé," confirma Valen. "Et certains conservaient effectivement des traits reconnaissables malgré leur transformation."

"Alors nous faisons face à une rébellion interne, pas à une invasion extérieure," intervint une Sage aux cheveux d'un blanc éclatant, représentante des Frontières Dermiques. "C'est sans précédent."

"Pas tout à fait," corrigea Throm, son regard grave balayant l'assemblée. "Il y a des précédents, mais ils remontent à des temps si anciens que seules les Archives Ancestrales en gardent la trace."

Tous les regards se tournèrent vers le vieux gardien. Même Valen, qui pensait connaître l'histoire de Colonos, semblait surpris.

"De quoi parles-tu, Throm ?" demanda le Sage Suprême, un être androgyne dont le corps translucide pulsait doucement, reflétant les courants du Flux Vital qui traversaient la Citadelle.

Throm hésita, comme s'il pesait le poids de révélations longtemps gardées secrètes. "Les Archives parlent d'un phénomène appelé 'La Grande Transformation'. Un temps où des régions entières de Colonos ont changé de nature, où de nouvelles structures sont apparues, où d'anciennes ont disparu."

"Une évolution naturelle ?" suggéra un autre Sage.

"Ou une corruption similaire à celle que nous affrontons aujourd'hui," répliqua Throm. "Les textes ne sont pas clairs. Mais ils mentionnent des conflits internes, des batailles entre ceux qui embrassaient le changement et ceux qui le combattaient."

Valen fronça les sourcils. "Et quelle a été l'issue de ces conflits ?"

"Parfois l'ordre a prévalu, parfois le changement," répondit Throm. "Mais Colonos a survécu, transformée mais reconnaissable."

Un silence pensif s'installa, chaque membre du Conseil méditant sur ces révélations troublantes. Ce fut le Sage Suprême qui le rompit finalement.

"Où est l'échantillon que vous avez prélevé, Commandant ?"

"Avec Mira Hémata, dans les laboratoires inférieurs de la Citadelle," répondit Valen. "Elle l'étudie en ce moment même."

"Bien. Ses conclusions nous seront précieuses." Le Sage Suprême se tourna vers l'ensemble du Conseil. "En attendant, nous devons prendre des mesures. Le blocus des Marais Digestifs sera maintenu et renforcé. Toutes les Sentinelles disponibles seront mobilisées. Les Canaux menant aux régions vitales de Colonos seront particulièrement surveillés."

Les Sages acquiescèrent, l'urgence de la situation transcendant leurs habituelles querelles de préséance.

"Et si le blocus échoue ?" demanda Valen, toujours pragmatique. "Si les Libérateurs trouvent un moyen de s'adapter au Flux pur des Canaux ?"

Le Sage Suprême échangea un regard avec Throm, une communication silencieuse qui n'échappa pas à Valen.

"Il existe des... protocoles anciens," répondit finalement le Sage Suprême. "Des mesures extrêmes conçues pour des situations comme celle-ci. Espérons que nous n'aurons pas à y recourir."

Valen n'insista pas, mais il nota mentalement d'interroger Throm à ce sujet dès que possible. Il n'aimait pas les secrets, surtout quand ils concernaient la sécurité de Colonos.

"Vous pouvez disposer, Commandant," conclut le Sage Suprême. "Retournez à vos Sentinelles et assurez-vous que le blocus tient. Nous vous contacterons dès que Mira Hémata aura terminé son analyse."

Valen s'inclina respectueusement et quitta la salle du Conseil, ses pas résonnant dans les couloirs de cristal de la Citadelle. Son esprit bouillonnait de questions sans réponses. Que savaient réellement les Sages sur cette "Grande Transformation" ? Quels étaient ces "protocoles anciens" qu'ils espéraient ne pas avoir à utiliser ? Et surtout, Morbius avait-il raison ? La transformation de Colonos était-elle inévitable, peut-être même nécessaire ?

Il secoua la tête pour chasser ces pensées dangereuses. Son devoir était clair : protéger Colonos et maintenir l'ordre. Tout le reste n'était que distraction.

Pourtant, alors qu'il descendait les innombrables escaliers de la Citadelle pour rejoindre ses Sentinelles, une part de lui ne pouvait s'empêcher de se demander si ce qu'il défendait avec tant d'ardeur n'était qu'une illusion de stabilité dans un monde destiné au changement perpétuel.

Dans les laboratoires inférieurs de la Citadelle, Mira Hémata observait avec fascination l'échantillon de Graine noire qui pulsait dans son cristal de confinement. Elle avait passé des heures à l'étudier, utilisant tous les instruments et techniques à sa disposition pour percer ses secrets.

Ce qu'elle avait découvert la laissait partagée entre émerveillement et inquiétude.

La Graine n'était pas simplement une excroissance parasite, comme Valen et les Sentinelles le supposaient. C'était une structure complexe, presque intelligente dans sa conception. Elle interagissait avec le Flux Vital d'une manière que Mira n'avait jamais observée auparavant, le transformant, le reprogrammant pour créer quelque chose de nouveau.

"Fascinant, n'est-ce pas ?"

Mira sursauta, se retournant vivement pour découvrir Lyra Nervalis, la Messagère du Réseau, qui se tenait dans l'encadrement de la porte du laboratoire. Ses cheveux argentés semblaient presque liquides sous la lumière bleutée des cristaux d'éclairage.

"Lyra. Je ne t'ai pas entendue entrer."

"Les Messagères sont formées pour se déplacer silencieusement," répondit Lyra avec un léger sourire. "Le Conseil m'envoie prendre des nouvelles de ton analyse."

Mira hésita. Ce qu'elle avait découvert était complexe, nuancé. Le Conseil, dominé par des conservateurs comme Throm, pourrait interpréter ses conclusions de manière trop simpliste.

"J'ai besoin de plus de temps," dit-elle finalement. "L'échantillon est... inhabituel."

Lyra s'approcha, observant la Graine noire qui pulsait dans son cristal. "Inhabituel comment ?"

"Il ne correspond à aucun schéma connu de corruption ou d'invasion," expliqua Mira, choisissant soigneusement ses mots. "Il semble plutôt... adaptatif. Comme s'il cherchait à intégrer de nouvelles fonctionnalités à Colonos plutôt qu'à les détruire."

"Comme une évolution ?" suggéra Lyra, son regard perçant étudiant la réaction de Mira.

"Peut-être. Ou une mutation. La frontière est parfois floue."

Lyra resta silencieuse un moment, semblant peser ses prochaines paroles. "Tu sais que le Conseil a déjà décidé de considérer ces Graines comme une menace à éliminer."

"Bien sûr," soupira Mira. "Ils voient toute déviation de l'ordre établi comme un danger."

"Et toi, qu'en penses-tu réellement ?" demanda Lyra, sa voix baissant comme si elle craignait d'être entendue malgré l'isolement du laboratoire.

Mira étudia attentivement la Messagère. Lyra avait toujours été différente des autres habitants du Réseau Nervalis, plus curieuse, plus ouverte aux idées nouvelles. Mais pouvait-elle lui faire confiance sur un sujet aussi sensible ?

"Je pense," commença lentement Mira, "que nous ne comprenons pas encore pleinement ce qui se passe. Ces Graines pourraient être destructrices, ou elles pourraient être le début d'une transformation nécessaire. L'histoire de Colonos est jalonnée de périodes de changement, certaines douloureuses mais ultimement bénéfiques."

"Comme la Grande Transformation dont parlent les Archives Ancestrales ?" demanda Lyra, surprenant Mira par sa connaissance de textes normalement réservés aux Sages et aux Mages-Réparateurs.

"Exactement. Comment connais-tu..."

"Les Messagères transportent plus que des ordres et des rapports," répondit Lyra avec un sourire énigmatique. "Nous transportons aussi des idées, des connaissances. Certaines officielles, d'autres... moins."

Mira comprit soudain que Lyra n'était pas simplement venue chercher un rapport pour le Conseil. Elle avait son propre agenda.

"Que veux-tu vraiment, Lyra ?"

La Messagère s'approcha encore, jusqu'à ce que son visage ne soit plus qu'à quelques centimètres de celui de Mira. "Je veux savoir si tu es prête à envisager que Morbius et ses Libérateurs ne sont peut-être pas les monstres que Valen et le Conseil décrivent. Qu'ils pourraient être les précurseurs d'un changement nécessaire."

Mira recula légèrement, surprise par l'audace de Lyra. "Tu sympathises avec eux ?"

"Je m'interroge," corrigea Lyra. "Comme toi. N'est-ce pas pour cela que tu retardes ton rapport au Conseil ? Parce que tu n'es pas certaine que ces Graines doivent être détruites ?"

Mira ne répondit pas immédiatement, son regard revenant à l'échantillon pulsant. Elle ne pouvait nier que quelque chose dans cette Graine noire l'intriguait profondément. Elle y percevait une forme d'intelligence, un dessein qui dépassait la simple corruption.

"Je veux comprendre avant de juger," dit-elle finalement. "C'est tout."

Lyra hocha la tête, semblant satisfaite de cette réponse. "Alors nous sommes sur la même longueur d'onde. Et nous ne sommes pas les seules à nous poser ces questions."

"Que veux-tu dire ?"

"Il y a d'autres habitants de Colonos qui commencent à douter de la sagesse du Conseil. Qui se demandent si le Grand Équilibre tant vénéré n'est pas devenu une excuse pour résister à tout changement, même nécessaire."

Mira sentit un frisson d'inquiétude la parcourir. Ce que Lyra suggérait ressemblait dangereusement à de la sédition. "Tu parles d'une faction dissidente ?"

"Je parle de penseurs indépendants," corrigea doucement Lyra. "Des habitants de diverses régions qui observent, qui questionnent. Qui veulent comprendre ce qui se passe réellement avant que le Conseil et les Sentinelles ne décident pour eux."

"Et tu es leur messagère."

Ce n'était pas une question, mais Lyra acquiesça néanmoins. "Entre autres choses. Nous pensons que ton expertise et ta... perspective unique pourraient être précieuses."

Mira hésita. Elle avait toujours été une questionneuse, une chercheuse de vérité, mais jamais une rebelle. S'associer à ce groupe, quel qu'il soit, pourrait mettre en péril sa position à la Citadelle, son accès aux Archives Ancestrales, sa capacité même à poursuivre ses recherches.

Mais si elle refusait, si elle se contentait de suivre la ligne officielle du Conseil, ne trahirait-elle pas sa propre intégrité intellectuelle ?

"Je ne peux pas rejoindre une faction dissidente, Lyra," dit-elle finalement. "Mon devoir est envers la vérité et envers Colonos tout entière, pas envers un groupe particulier, qu'il s'agisse du Conseil ou de tes 'penseurs indépendants'."

Lyra ne sembla pas déçue par ce refus. Au contraire, son sourire s'élargit légèrement. "C'est exactement la réponse que j'espérais, Mira. Nous ne te demandons pas d'allégeance, seulement d'ouverture d'esprit. Continue ton analyse. Découvre la vérité sur ces Graines. Et quand tu seras prête à partager tes conclusions, sache qu'il existe des oreilles disposées à écouter sans préjugés."

Sur ces mots, Lyra recula vers la porte du laboratoire. "Je dirai au Conseil que ton analyse est toujours en cours et que tu auras besoin d'au moins un cycle complet avant de pouvoir présenter des résultats concluants."

"Merci," dit simplement Mira, reconnaissante pour ce répit.

Lyra inclina légèrement la tête en signe d'adieu, puis disparut dans le couloir aussi silencieusement qu'elle était venue, laissant Mira seule avec ses pensées troublées et l'énigmatique Graine noire qui continuait de pulser dans son cristal, comme animée d'une vie propre.

La Mage-Réparatrice se tourna à nouveau vers son échantillon, plus déterminée que jamais à percer ses secrets. Car elle sentait, au plus profond d'elle-même, que la compréhension de cette Graine pourrait être la clé non seulement du destin de Colonos, mais aussi de la vérité sur la nature même de leur existence.

Une vérité que certains, peut-être, préféraient garder cachée.

CHAPITRE 2 :

MURMURES DANS LES CANAUX

Les nouvelles voyageaient vite à Colonos. Pas aussi vite que Lyra Nervalis et les autres Messagers du Réseau, mais suffisamment pour que des rumeurs sur les événements des Marais Digestifs aient déjà commencé à se propager dans les différentes régions de la cité.

Dans les Canaux Écarlates, les Transporteurs Rouges échangeaient des murmures inquiets tout en poursuivant leur mission éternelle. Dans les Plaines Musculaires, les habitants robustes s'entraînaient avec plus d'intensité, comme s'ils se préparaient à un conflit imminent. Et dans les Cavernes Pulmonaires, les échangeurs d'Essence Dorée redoublaient de vigilance, scrutant chaque particule venue de l'extérieur avec une suspicion nouvelle.

Valen Leucos observait ces changements subtils avec un mélange de satisfaction et d'inquiétude. La vigilance accrue était bienvenue, mais la peur qui commençait à s'installer pourrait devenir aussi dangereuse que la menace elle-même.

Debout sur l'une des grandes arches qui surplombaient la Confluence Centrale, là où les principaux Canaux Écarlates se rejoignaient avant de se séparer à nouveau vers les différentes régions de Colonos, le Commandant des Sentinelles Immunis supervisait le déploiement de ses troupes. Des escouades de Lanciers patrouillaient le long des Canaux, tandis que des Dévoreurs massifs montaient la garde aux points stratégiques. Des Archivistes, reconnaissables à leurs robes ornées de symboles complexes, se tenaient en retrait, prêts à mémoriser et analyser tout signe d'anomalie.

"Le blocus tient pour l'instant," annonça Thorn, le Lancier qui avait participé à l'expédition dans les Marais Digestifs et qui était désormais l'un des lieutenants de Valen. "Aucun Libérateur n'a tenté de franchir les lignes."

"Pour l'instant," répéta Valen, son regard fixé sur le flux incessant de Transporteurs Rouges en contrebas. "Mais Morbius n'est pas stupide. Il prépare quelque chose."

"Vous pensez qu'il cherchera à forcer le passage ?"

Valen secoua la tête. "Non. Pas directement. Il a dit que la transformation était déjà en marche. Je crains qu'il n'ait trouvé un autre moyen de propager ses Graines Noires."

Comme pour confirmer ses craintes, un cri d'alarme retentit plus bas, près de l'un des points de contrôle établis le long du Canal Principal. Valen et Thorn se précipitèrent, descendant rapidement les escaliers organiques qui s'enroulaient autour de l'arche.

Au point de contrôle, une escouade de Sentinelles avait encerclé un Transporteur Rouge qui se débattait faiblement. À première vue, il semblait normal, sa forme sphérique et sa couleur écarlate caractéristiques de sa fonction. Mais en y regardant de plus près, Valen remarqua de minuscules excroissances noires qui commençaient à percer sa surface, pulsant au rythme désynchronisé qu'il avait observé sur les Graines Noires des Marais.

"Isolez-le," ordonna-t-il immédiatement. "Et vérifiez tous les Transporteurs qui passent par ce point."

Les Sentinelles s'exécutèrent, plaçant le Transporteur infecté dans un cristal de confinement similaire à celui que Mira avait utilisé pour l'échantillon de Graine. D'autres Sentinelles commencèrent à examiner minutieusement chaque Transporteur qui passait, ralentissant considérablement le flux du Canal.

"C'est comme ça qu'il compte s'y prendre," murmura Valen, observant le Transporteur isolé qui continuait de pulser faiblement dans son cristal. "Il utilise les Transporteurs pour disséminer ses Graines dans tout Colonos."

"Mais comment a-t-il infecté celui-ci ?" demanda Thorn. "Le blocus des Marais est hermétique."

"Peut-être ne l'est-il pas autant que nous le pensions," répondit sombrement Valen. "Ou peut-être que l'infection a commencé avant même que nous ne découvrions les Graines."

Cette dernière possibilité était particulièrement troublante. Si des Transporteurs avaient été infectés avant la mise en place du blocus, combien d'autres circulaient déjà dans les Canaux de Colonos, portant en eux les germes de la transformation que Morbius cherchait à déclencher ?

"Nous devons établir des points de contrôle sur tous les Canaux majeurs," décida Valen. "Et informer le Conseil immédiatement."

Thorn hocha la tête et s'éloigna pour transmettre les ordres, laissant Valen seul avec ses pensées troublées. Le Commandant observa le Transporteur infecté, notant comment les excroissances noires semblaient se développer lentement mais sûrement, transformant progressivement la créature autrefois dédiée au transport de l'Essence Dorée.

Une transformation. Pas une destruction. Cette nuance continuait de le perturber. Si Morbius avait simplement cherché à détruire Colonos, à semer le chaos, Valen aurait compris. Les motivations des ennemis de l'ordre étaient généralement simples : pouvoir, vengeance, folie pure. Mais Morbius semblait sincèrement convaincu que sa "libération" était pour le bien de Colonos. Qu'il ouvrait la voie à une évolution nécessaire.

Et si...

Valen chassa rapidement cette pensée dangereuse. Son devoir était clair. Protéger Colonos, maintenir l'ordre, préserver le Grand Équilibre. Les doutes philosophiques étaient un luxe qu'il ne pouvait se permettre en temps de crise.

Pourtant, alors qu'il se dirigeait vers l'un des Filaments Argentés pour envoyer son rapport au Conseil, une part de lui ne pouvait s'empêcher de se demander si la vérité était aussi simple que ce que les Sages enseignaient.

Dans les laboratoires inférieurs de la Citadelle, Mira Hémata n'avait pas quitté son poste depuis la visite de Lyra. L'échantillon de Graine

Noire continuait de la fasciner, révélant des complexités qu'elle n'aurait jamais soupçonnées.

À l'aide d'instruments de cristal finement calibrés, elle avait réussi à isoler de minuscules fragments de la Graine sans compromettre le confinement. Ces fragments, observés sous la lumière amplifiée des cristaux d'analyse, révélaient une structure interne étonnamment organisée.

"Ce n'est pas du chaos," murmura-t-elle pour elle-même. "C'est un ordre différent."

La Graine semblait composée de cellules similaires à celles des habitants normaux de Colonos, mais réarrangées selon un schéma nouveau. Comme si quelqu'un avait pris les lettres d'un texte connu et les avait réorganisées pour former des mots nouveaux, un langage différent mais tout aussi cohérent.

Plus fascinant encore, la Graine réagissait au Flux Vital qu'elle avait introduit dans le cristal de confinement. Au lieu de simplement l'absorber comme le ferait un parasite, elle le transformait, créant des motifs complexes qui rappelaient étrangement les Archives Ancestrales que Mira avait étudiées pendant des années.

"On dirait presque qu'elle... communique," chuchota-t-elle, hypnotisée par les pulsations rythmiques qui semblaient répondre à ses propres manipulations.

"Avec qui communique-t-elle ?"

La voix grave la fit sursauter. Throm Osseus se tenait dans l'encadrement de la porte, sa silhouette massive projetant une ombre imposante dans le laboratoire.

"Throm," dit Mira, se redressant rapidement. "Je ne t'ai pas entendu entrer."

"Tu étais absorbée par ton travail," répondit le vieux gardien, s'approchant pour observer l'échantillon. "Le Conseil s'impatiente, Mira. Ils attendent ton rapport depuis presque un cycle complet."

Mira soupira, passant une main dans ses cheveux argentés. "Je sais. Mais ce que j'ai découvert est... complexe. Je ne veux pas présenter des conclusions hâtives."

"Qu'as-tu découvert exactement ?" demanda Throm, son regard ambré étudiant attentivement non seulement l'échantillon, mais aussi les notes que Mira avait éparpillées sur sa table de travail.

Mira hésita. Throm était un ami, mais aussi un membre influent du Conseil, fermement attaché aux traditions et à l'ordre établi. Comment réagirait-il si elle lui révélait que ces Graines Noires, loin d'être une simple corruption, pourraient représenter une forme d'évolution alternative pour Colonos ?

"La Graine n'est pas ce que nous pensions," dit-elle finalement, optant pour une vérité partielle. "Elle ne détruit pas les structures de Colonos, elle les... réorganise. Selon un schéma que je n'ai pas encore totalement déchiffré."

Throm fronça ses épais sourcils. "Une réorganisation non autorisée des structures de Colonos est tout aussi dangereuse qu'une destruction, Mira. L'ordre existe pour une raison."

"Mais quel ordre, Throm ?" demanda doucement Mira. "Celui que nous connaissons a-t-il toujours existé ? Les Archives Ancestrales que tu m'as montrées parlent de périodes de transformation, de changements profonds dans la structure même de Colonos."

"Des périodes chaotiques et douloureuses," rappela sévèrement Throm. "Des temps de souffrance que nous avons appris à éviter grâce au Grand Équilibre."

"Ou peut-être des périodes nécessaires d'adaptation," contra Mira. "Peut-être que le Grand Équilibre n'est pas un état permanent, mais un équilibre dynamique qui nécessite parfois des ajustements majeurs."

Throm secoua lentement sa tête massive. "Tu commences à parler comme eux, Mira. Comme ces 'Libérateurs' qui sèment le chaos dans les Marais."

"Je cherche simplement à comprendre," se défendit Mira. "N'est-ce pas notre devoir en tant que gardiens du savoir ? Comprendre avant de juger ?"

Un silence tendu s'installa entre eux, rompu seulement par le léger bourdonnement des cristaux d'analyse et les pulsations rythmiques de la Graine Noire dans son confinement.

"Le Conseil a reçu un nouveau rapport de Valen," dit finalement Throm, changeant apparemment de sujet. "Des Transporteurs Rouges infectés ont été découverts dans les Canaux Principaux. Les Graines se propagent malgré le blocus."

Mira sentit son cœur s'accélérer. Si l'infection atteignait les Canaux Principaux, elle pourrait rapidement se répandre dans toutes les régions de Colonos.

"Combien ?" demanda-t-elle.

"Une douzaine pour l'instant. Tous isolés et confinés. Mais Valen craint qu'il n'y en ait d'autres, non détectés."

Mira se tourna vers son échantillon, observant les pulsations qui semblaient s'être légèrement accélérées, comme si la Graine percevait d'une manière ou d'une autre la présence de ses semblables dans les Canaux.

"Je dois examiner ces Transporteurs infectés," décida-t-elle. "Voir si le processus est le même que celui que j'observe ici, ou s'il y a des variations."

Throm hésita, visiblement partagé entre son amitié pour Mira et son devoir envers le Conseil. "Le Conseil a ordonné que tous les spécimens infectés soient détruits après identification, Mira. Ils ne veulent pas risquer une propagation accidentelle."

"Quoi ?" Mira se redressa brusquement. "Mais c'est de la folie ! Comment suis-je censée comprendre ce phénomène si je ne peux pas l'étudier sous toutes ses formes ?"

"Le Conseil estime que le risque est trop grand," répondit Throm, son ton indiquant qu'il partageait cette opinion. "Ton échantillon actuel est jugé suffisant pour l'analyse."

Mira sentit la colère monter en elle, une émotion rare chez la Mage-Réparatrice habituellement calme et réfléchie. "Suffisant ? Throm, nous faisons face à quelque chose d'entièrement nouveau ! Chaque spécimen pourrait révéler des aspects différents du processus. Détruire ces Transporteurs infectés, c'est détruire des connaissances potentiellement cruciales !"

"Des connaissances potentiellement dangereuses," corrigea Throm. "Le Conseil a pris sa décision, Mira. Je suis venu te l'annoncer par respect pour notre amitié, mais elle n'est pas négociable."

Mira se détourna, fixant l'échantillon pulsant dans son cristal. Elle comprenait la peur du Conseil, mais leur réaction lui semblait disproportionnée, presque... désespérée. Comme s'ils craignaient non pas la destruction de Colonos, mais la révélation de vérités qu'ils préféraient garder cachées.

"Il y a autre chose que tu ne me dis pas, n'est-ce pas, Throm ?" demanda-t-elle sans se retourner. "Quelque chose sur ces Graines, ou sur Morbius, que le Conseil connaît mais garde secret."

Le silence qui suivit fut plus éloquent que n'importe quelle réponse. Quand Throm parla enfin, sa voix avait perdu de son assurance habituelle.

"Termine ton analyse, Mira. Présente ton rapport au Conseil dès que possible. Et... fais attention à qui tu parles de tes découvertes."

Sur ces paroles énigmatiques, le vieux gardien quitta le laboratoire, laissant Mira seule avec ses questions sans réponses et l'inquiétante sensation que les enjeux de cette crise dépassaient largement ce que même elle pouvait imaginer.

Dans les profondeurs des Marais Digestifs, au-delà du blocus des Sentinelles, Morbius contemplait son œuvre avec une satisfaction mêlée d'impatience. Autour de lui, les Marais avaient subi une transformation radicale. Les parois autrefois spongieuses et verdâtres étaient maintenant parcourues de veines noires pulsantes, des extensions des Graines qui avaient proliféré de manière exponentielle depuis la visite de Valen et son escouade.

Les Libérateurs se déplaçaient librement dans cet environnement transformé, leurs corps adaptés en parfaite harmonie avec leur nouvel habitat. Certains avaient développé des appendices supplémentaires, d'autres avaient vu leur peau se modifier pour absorber plus efficacement le Flux Vital détourné. Tous partageaient cette lueur d'intelligence éveillée dans leurs yeux, cette conscience nouvelle qui les distinguait des habitants ordinaires de Colonos.

"Les Sentinelles ont découvert nos Transporteurs," annonça une voix derrière Morbius.

Il se retourna pour faire face à Nécra, son plus proche lieutenant. Autrefois habitante des Cavernes Pulmonaires, elle avait été l'une des premières à embrasser la transformation, son corps élancé désormais parcouru de filaments noirs qui semblaient absorber la lumière environnante.

"C'était inévitable," répondit Morbius sans paraître particulièrement contrarié. "Combien ont été interceptés ?"

"Une douzaine, selon nos observateurs. Mais des centaines d'autres circulent toujours, portant nos Graines vers toutes les régions de Colonos."

Morbius sourit, révélant des dents qui s'étaient allongées et aiguisées avec sa transformation. "Bien. Le Conseil peut ériger tous les blocus qu'il veut, il ne peut pas arrêter le Flux Vital. Et tant que le Flux coule, nos Graines se propageront."

"Les Sentinelles renforcent leur présence dans les Canaux," poursuivit Nécra. "Ils établissent des points de contrôle, examinent chaque Transporteur."

"Laissons-les faire," dit Morbius avec un geste dédaigneux. "Cela les occupera pendant que nous préparons la prochaine phase."

Nécra s'approcha, sa curiosité piquée. "Quelle est cette prochaine phase, Morbius ? Tu ne l'as pas encore révélée, même à moi."

Morbius observa sa lieutenante avec une expression indéchiffrable. Nécra lui était loyale, du moins autant qu'un être en pleine transformation pouvait l'être. Mais la véritable nature de son plan était quelque chose qu'il gardait jalousement, conscient que tous les Libérateurs n'étaient peut-être pas prêts à accepter l'ampleur du changement qu'il envisageait.

"La Citadelle Centrale," dit-il finalement. "C'est là que se trouve la clé."

"La Citadelle ?" répéta Nécra, surprise. "C'est la région la mieux défendue de Colonos. Même avec nos Graines qui se propagent, nous ne pourrons jamais y pénétrer directement."

"Nous n'aurons pas besoin de le faire," répondit Morbius avec un sourire énigmatique. "La Mage-Réparatrice, Mira Hémata, étudie l'une de nos Graines en ce moment même. Et elle commence à comprendre."

"Tu comptes sur elle pour nous aider ?" demanda Nécra, sceptique. "Elle est peut-être plus ouverte d'esprit que la plupart des habitants de la Citadelle, mais elle reste loyale à Colonos."

"Loyale à Colonos, oui. Mais pas nécessairement au Conseil ou au Grand Équilibre qu'ils prétendent défendre." Morbius se tourna vers une alcôve creusée dans la paroi transformée des Marais, où un cristal noir pulsait d'une énergie sombre. "Mira cherche la vérité. Et la vérité, une fois révélée, est la plus puissante des Graines."

Nécra suivit son regard vers le cristal mystérieux. "Quelle vérité ?"

Morbius resta silencieux un long moment, comme s'il pesait le poids de ce qu'il s'apprêtait à révéler. Quand il parla enfin, sa voix avait pris une tonalité presque révérencieuse.

"La vérité sur ce qu'est réellement Colonos. Sur ce que nous sommes tous. Sur le monde au-delà de nos frontières." Il se tourna vers Nécra, son œil unique brillant d'une intensité féroce. "Le Conseil connaît cette vérité, ou du moins une partie. C'est pourquoi ils craignent tant notre transformation. Parce qu'elle pourrait nous libérer non seulement des contraintes physiques de nos formes actuelles, mais aussi des mensonges qui ont maintenu Colonos dans un état d'ignorance pendant des éons."

Nécra semblait troublée par ces paroles. "Quels mensonges, Morbius ? Qu'avons-nous ignoré ?"

Morbius s'approcha du cristal noir, posant sa main déformée sur sa surface pulsante. Le cristal réagit immédiatement, sa lueur s'intensifiant, des filaments d'énergie sombre s'enroulant autour du bras de Morbius comme en signe de reconnaissance.

"Nous ne sommes pas seuls, Nécra," murmura-t-il. "Colonos n'est pas tout ce qui existe. Il y a un monde extérieur, vaste et complexe. Un monde dont nous ne sommes qu'une infime partie, une composante d'un tout bien plus grand."

"Comment peux-tu en être sûr ?" demanda Nécra, sa voix trahissant un mélange de fascination et d'incrédulité.

"Parce que je l'ai vu," répondit simplement Morbius. "Ou plutôt, je l'ai ressenti. Quand la première Graine Noire m'a transformé, quand j'ai commencé à changer, mes perceptions se sont élargies. J'ai senti des présences au-delà des frontières de Colonos. Des entités immenses, incompréhensibles selon nos standards actuels."

Il se tourna vers Nécra, son expression soudain intense. "Nous vivons dans un monde limité, Nécra. Un monde conçu pour nous maintenir dans l'ignorance de notre véritable nature et de notre véritable potentiel. Le Grand Équilibre n'est pas une loi naturelle, c'est une prison. Une prison que nous allons briser."

Nécra recula légèrement, visiblement ébranlée par la ferveur presque religieuse de Morbius. "Et si cette prison nous protège ? Si ces limites existent pour une raison ?"

"Toutes les prisons existent pour une raison," répondit Morbius avec un sourire triste. "Cela ne les rend pas justes ou nécessaires. Nous méritons la vérité, Nécra. Nous méritons la liberté de choisir notre propre destin, même si ce choix implique des risques."

Il s'éloigna du cristal, qui continua de pulser comme en écho à ses paroles. "Prépare les Libérateurs. Quand suffisamment de nos Graines auront atteint les régions clés de Colonos, nous lancerons notre offensive. Non pas contre les habitants, mais contre les mensonges qui les enchaînent."

Nécra inclina la tête en signe d'obéissance, mais Morbius nota l'hésitation dans son geste. Elle n'était pas entièrement convaincue. Peu importait. La transformation suivait son cours, inexorable. Que ce soit par choix ou par nécessité, tous les habitants de Colonos finiraient par faire face à la vérité qu'il avait découverte.

Une vérité qui changerait à jamais leur compréhension de ce qu'était réellement Colonos.

Lyra Nervalis se déplaçait rapidement à travers les Filaments Argentés du Réseau, sa conscience voyageant bien plus vite que son corps physique n'aurait pu le faire. C'était l'un des privilèges des Messagers – cette capacité à projeter leur esprit le long des voies de communication qui parcouraient Colonos, observant sans être vus, écoutant sans être entendus.

Actuellement, sa conscience flottait près d'une jonction majeure des Canaux Écarlates, où Valen Leucos dirigeait personnellement l'inspection des Transporteurs Rouges. Le Commandant des Sentinelles semblait épuisé, des cycles sans repos ayant laissé leur marque sur son visage habituellement impassible.

"Encore trois infectés dans ce lot," annonçait un Lancier, montrant des cristaux de confinement où pulsaient faiblement des Transporteurs parsemés d'excroissances noires.

Valen hocha la tête, son expression grave. "Marquez-les pour destruction et poursuivez les inspections."

Lyra sentit une pointe de regret à ces mots. Chaque Transporteur infecté détruit représentait une perte de connaissances potentielles, comme l'avait souligné Mira. Mais plus que cela, chaque destruction représentait un choix définitif contre la transformation que Morbius cherchait à déclencher.

Un choix que Lyra n'était pas certaine d'approuver ou de condamner. Sa position était délicate. En tant que Messagère du Réseau Nervalis, elle avait accès à des informations que peu d'autres habitants de Colonos pouvaient obtenir. Elle avait entendu les délibérations secrètes du Conseil, les doutes exprimés par Mira dans son laboratoire, les déclarations passionnées de Morbius dans les profondeurs des Marais.

Et plus elle en apprenait, plus elle doutait de la sagesse du Grand Équilibre que tous vénéraient sans question.

Lyra projeta sa conscience plus loin, traversant rapidement les Filaments jusqu'à atteindre les laboratoires inférieurs de la Citadelle. Mira était toujours là, penchée sur son échantillon de Graine Noire, ses doigts fins manipulant des instruments de cristal avec une précision née de cycles d'expérience.

"Je sais que tu es là, Lyra," dit soudain Mira sans lever les yeux de son travail. "Les Filaments vibrent différemment quand une conscience les traverse."

Surprise, Lyra matérialisa partiellement sa forme, suffisamment pour être visible mais pas assez pour être pleinement présente physiquement. "Peu de personnes sont assez sensibles pour le percevoir," admit-elle.

"J'ai passé ma vie à étudier les flux et les énergies de Colonos," répondit simplement Mira. "On finit par développer une certaine... intuition."

Lyra s'approcha, observant l'échantillon qui pulsait dans son cristal de confinement. "As-tu découvert quelque chose de nouveau ?"

Mira hésita, son regard passant de l'échantillon à la forme semi-matérialisée de Lyra. "Pourquoi es-tu vraiment ici ? Pour rapporter mes découvertes au Conseil, ou à tes 'penseurs indépendants' ?"

"Ni l'un ni l'autre," répondit Lyra. "Je suis ici parce que je sens que nous approchons d'un point de bascule, Mira. Un moment où les décisions que nous prendrons détermineront l'avenir de Colonos pour des éons à venir."

Mira soupira, reposant ses instruments. "Tu n'as pas tort. Cette Graine..." Elle désigna l'échantillon. "Elle n'est pas simplement une anomalie ou une corruption. C'est une... alternative. Une façon différente d'organiser les structures fondamentales de Colonos."

"Meilleure ou pire ?" demanda Lyra.

"Différente," répéta Mira. "Ni meilleure ni pire en soi. Juste... adaptée à d'autres circonstances, peut-être."

Lyra s'approcha davantage, sa forme devenant plus solide à mesure qu'elle concentrait sa présence dans le laboratoire. "Le Conseil a ordonné la destruction de tous les Transporteurs infectés."

"Je sais. Throm me l'a annoncé." Mira ne cacha pas son amertume. "Une décision prise par peur, pas par sagesse."

"La peur peut être une réaction appropriée face à l'inconnu," suggéra Lyra, testant les convictions de Mira.

"Pas quand elle nous empêche de comprendre cet inconnu," rétorqua la Mage-Réparatrice. "La connaissance devrait toujours précéder le jugement."

Lyra sourit légèrement. Mira restait fidèle à ses principes, même face à la pression du Conseil. "Et si je te disais que je pourrais t'aider à obtenir plus de connaissances ? À examiner ces Transporteurs avant leur destruction ?"

Mira se redressa, soudain alerte. "Comment ?"

"Les Messagers ont accès à toutes les régions de Colonos," expliqua Lyra. "Y compris les zones de quarantaine où les Transporteurs infectés sont conservés avant d'être détruits."

"Tu risquerais ta position pour cela ?" demanda Mira, surprise. "Pourquoi ?"

Lyra resta silencieuse un moment, comme si elle cherchait elle-même la réponse à cette question. "Parce que, comme toi, je crois que la vérité mérite d'être connue. Quelle qu'elle soit."

Mira étudia attentivement la Messagère, cherchant peut-être des signes de duplicité ou de manipulation. N'en trouvant pas, elle hocha lentement la tête.

"Très bien. Mais je veux être claire : mon objectif est de comprendre, pas de prendre parti dans ce conflit. Si ces Graines représentent un danger réel pour Colonos, je soutiendrai leur élimination."

"Et si elles représentent une évolution nécessaire ?" demanda doucement Lyra.

"Alors je défendrai cette vérité, même face au Conseil," répondit fermement Mira. "Mais je dois d'abord en être certaine."

Lyra inclina la tête en signe d'accord. "Je reviendrai au prochain cycle avec des échantillons. Sois prête."

Sur ces mots, la forme de la Messagère se dissolut progressivement, retournant à l'état de pure conscience qui voyageait à travers les Filaments Argentés du Réseau. Mais avant de disparaître complètement, elle perçut quelque chose qui la troubla profondément.

Une vibration inhabituelle dans les Filaments, comme un écho lointain mais grandissant. Une présence qui n'était ni celle d'un Messager, ni celle d'aucun habitant connu de Colonos. Quelque chose – ou quelqu'un – d'autre observait, écoutait, attendait.

Lyra accéléra son départ, soudain inquiète. Car si ses soupçons étaient fondés, les enjeux de cette crise étaient encore plus grands qu'elle ne l'avait imaginé. Et le temps pour comprendre et agir pourrait être bien plus court que quiconque ne le pensait.

Dans les Chambres Pulsantes, cœur rythmique de Colonos, un phénomène étrange commençait à se manifester. Les puissantes contractions qui propulsaient le Flux Vital à travers les innombrables Canaux de la cité présentaient de subtiles irrégularités, presque imperceptibles pour la plupart des habitants, mais profondément troublantes pour ceux dont la fonction était de maintenir ce rythme sacré.

Parmi eux, Soren Cardius, Maître des Pulsations, observait avec une inquiétude croissante les cristaux de mesure qui enregistraient chaque battement des Chambres. Des variations minimes mais significatives apparaissaient à intervalles réguliers, comme si un second rythme tentait de s'imposer par-dessus le premier.

"Avez-vous identifié la cause de ces anomalies ?" demanda-t-il à l'un de ses assistants, un jeune Régulateur nommé Pax.

"Pas encore, Maître," répondit Pax, manipulant frénétiquement les cristaux de diagnostic. "Les Canaux d'alimentation sont clairs, les valves fonctionnent normalement. C'est comme si l'impulsion venait... de l'intérieur même des Chambres."

Soren fronça les sourcils. Les Chambres Pulsantes étaient parmi les structures les plus anciennes et les plus stables de Colonos. Elles ne changeaient pas de rythme sans raison – et certainement pas sans l'autorisation du Conseil des Régions.

"Contactez la Citadelle," ordonna-t-il. "Informez le Conseil de ces variations et demandez des instructions."

Pax s'inclina et se dirigea vers l'un des Filaments Argentés qui reliaient les Chambres Pulsantes au reste de Colonos. Mais avant qu'il ne puisse y projeter sa conscience, le Filament se mit à vibrer de lui-même, annonçant l'arrivée imminente d'un message.

La forme élancée de Lyra Nervalis se matérialisa progressivement, son expression habituellement sereine remplacée par une urgence manifeste.

"Maître Cardius," dit-elle sans préambule. "Le Conseil requiert votre présence immédiate à la Citadelle. Une session d'urgence a été convoquée concernant les Chambres Pulsantes."

Soren échangea un regard inquiet avec Pax. "Ils sont donc déjà au courant des variations ?"

"Des variations ?" répéta Lyra, semblant surprise. "De quelle nature ?"

Soren la conduisit vers les cristaux de mesure, montrant les subtiles irrégularités dans le rythme autrefois parfaitement régulier des Chambres. "Elles ont commencé il y a environ un demi-cycle. Légères au début, mais de plus en plus prononcées."

Lyra observa les cristaux avec une attention intense, son expression devenant progressivement plus grave. "Ce n'est pas pour cela que le Conseil vous convoque, Maître Cardius. Du moins, pas directement."

"Alors pourquoi ?"

Lyra hésita, comme si elle pesait ce qu'elle pouvait révéler. "Des Transporteurs infectés par les Graines Noires ont été découverts dans les Canaux d'alimentation des Chambres Pulsantes."

Soren pâlit visiblement. Les Canaux d'alimentation étaient les voies les plus directes vers le cœur même de Colonos. Si l'infection les avait atteints...

"Les Chambres elles-mêmes sont-elles compromises ?" demanda-t-il, sa voix trahissant son inquiétude.

"C'est ce que le Conseil cherche à déterminer," répondit Lyra. "Et pourquoi votre expertise est requise de toute urgence."

Soren se tourna vers Pax. "Continue à surveiller les variations. Si elles s'intensifient ou changent de nature, contacte-moi immédiatement à la Citadelle."

Le jeune Régulateur acquiesça, visiblement nerveux mais déterminé à accomplir sa tâche. Soren se tourna ensuite vers Lyra, indiquant qu'il était prêt à la suivre.

La Messagère tendit sa main vers l'un des Filaments Argentés majeurs, celui qui menait directement à la Citadelle Centrale. "Ce sera plus rapide si nous voyageons ensemble par le Réseau."

Soren hésita. Voyager par les Filaments était généralement réservé aux Messagers, dont la conscience était spécialement adaptée à ce mode de déplacement. Pour les autres habitants de Colonos, l'expérience pouvait être désorientante, voire dangereuse.

"Est-ce vraiment nécessaire ?" demanda-t-il.

"Le temps est un luxe que nous n'avons plus, Maître Cardius," répondit gravement Lyra. "Les Chambres Pulsantes sont le cœur de Colonos. Si elles tombent..."

Elle n'eut pas besoin de finir sa phrase. Soren comprenait parfaitement l'implication. Sans les Chambres Pulsantes pour propulser le Flux Vital, toutes les régions de Colonos seraient privées de leur ressource essentielle. Ce serait la fin de leur monde tel qu'ils le connaissaient.

"Très bien," concéda-t-il, prenant la main tendue de Lyra.

La sensation qui suivit était indescriptible. Son corps sembla se dissoudre, sa conscience s'étirant le long du Filament Argenté comme une goutte d'eau aspirée dans un courant puissant. Des images, des sons, des sensations l'assaillirent – fragments de messages et de pensées qui traversaient constamment le Réseau Nervalis.

Et parmi ce chaos d'informations, quelque chose d'étrange. Une présence, ou plutôt une absence. Comme un vide qui se déplaçait à travers le Réseau, absorbant les messages, observant sans être vu.

Avant qu'il ne puisse s'attarder sur cette anomalie, Soren sentit son corps se reconstituer brutalement. Il se retrouva dans la salle du Conseil des Régions, chancelant légèrement sous l'effet du voyage.

Autour de la Table des Confluences, les douze Sages étaient réunis, leurs visages graves reflétant la gravité de la situation. Valen Leucos se tenait également présent, son armure portant les marques de nombreux combats récents. Et à côté de lui, à la surprise de Soren, se trouvait Mira Hémata, la Mage-Réparatrice qui étudiait les mystérieuses Graines Noires.

"Maître Cardius," accueillit le Sage Suprême. "Nous vous remercions de votre promptitude."

Soren s'inclina respectueusement. "Les Chambres Pulsantes sont à votre service, comme toujours."

"Et nous pourrions bien avoir besoin de tout ce service," intervint Throm Osseus, son expression plus sombre que jamais. "La situation a... évolué."

"Les variations de rythme que vous avez détectées," poursuivit le Sage Suprême, "ne sont pas accidentelles. Elles sont le signe que les Graines Noires ont commencé à influencer les Chambres elles-mêmes."

Soren sentit un frisson glacé parcourir son échine. "Comment est-ce possible ? Les Chambres sont protégées par les défenses les plus anciennes et les plus puissantes de Colonos."

"Ces Graines ne sont pas une menace ordinaire," expliqua Mira, s'avançant légèrement. "Elles ne cherchent pas à détruire ou à corrompre, mais à transformer. À reprogrammer les structures fondamentales de Colonos selon un schéma différent."

"Un schéma chaotique et dangereux," ajouta fermement Valen.

Mira lui jeta un regard qui suggérait qu'elle n'était pas entièrement d'accord avec cette caractérisation, mais elle ne le contredit pas ouvertement.

"Quelles sont vos instructions ?" demanda Soren, préférant se concentrer sur les actions concrètes plutôt que sur les débats théoriques.

Le Sage Suprême échangea un regard avec les autres membres du Conseil, comme pour confirmer une décision déjà prise. "Nous devons mettre en œuvre le Protocole de Purification."

Un murmure stupéfait parcourut la salle. Même Valen semblait surpris par cette annonce.

"Le Protocole de Purification ?" répéta Soren, incrédule. "Mais c'est... Cela n'a pas été utilisé depuis les Grandes Tempêtes Fébriles. Les risques sont considérables."

"Les risques de l'inaction sont plus grands encore," répondit sévèrement le Sage Suprême. "Si les Chambres Pulsantes tombent sous l'influence des Graines Noires, tout Colonos sera transformé. Nous ne pouvons permettre cela."

Soren regarda autour de lui, cherchant des signes de doute ou d'hésitation parmi les Sages. Il n'en trouva que chez Mira, dont l'expression trahissait un profond conflit intérieur.

"Le Protocole nécessite une préparation considérable," dit-il finalement. "Les Régulateurs devront ajuster les valves, rediriger le Flux Vital, préparer les Chambres pour le choc thermique."

"Combien de temps ?" demanda Valen, toujours pragmatique.

"Au moins un cycle complet, peut-être plus."

"Vous en avez un demi," trancha le Sage Suprême. "Pas plus. Chaque moment qui passe renforce l'emprise des Graines sur les Chambres."

Soren voulut protester, expliquer les risques d'une mise en œuvre précipitée du Protocole, mais le regard implacable du Sage Suprême l'en dissuada. La décision était prise.

"Je ferai de mon mieux," promit-il simplement.

"Commandant Leucos vous accompagnera avec une escouade de Sentinelles," poursuivit le Sage Suprême. "Pour assurer la sécurité des opérations et éliminer toute... résistance que vous pourriez rencontrer."

Soren fronça les sourcils à ces derniers mots. "Résistance ? De la part de qui ?"

"Les Graines Noires ont déjà transformé certains habitants des régions inférieures," expliqua Valen. "Il est possible que des Libérateurs se soient infiltrés jusqu'aux Chambres Pulsantes."

Cette perspective était presque aussi troublante que celle des Chambres compromises. Les Régulateurs des Pulsations étaient des techniciens, pas des combattants. Si des Libérateurs avaient effectivement pénétré leur domaine...

"Je comprends," dit Soren, résigné à cette nouvelle réalité. "Nous ferons ce qui doit être fait."

Alors que la réunion se concluait et que les participants se préparaient à mettre en œuvre leurs plans respectifs, Soren remarqua que Mira s'était discrètement approchée de Lyra. Les deux femmes échangèrent quelques mots à voix basse, leurs expressions graves suggérant que leur conversation était loin d'être anodine.

Il n'eut pas le temps de s'attarder sur ce détail, car Valen l'appelait déjà, prêt à l'escorter vers les Chambres Pulsantes pour commencer les préparatifs du Protocole de Purification.

Mais alors qu'ils quittaient la salle du Conseil, Soren ne put s'empêcher de se demander si la décision qui venait d'être prise sauverait Colonos ou précipiterait sa fin. Car le Protocole de Purification, bien que conçu pour éliminer les influences étrangères, était aussi l'une des procédures les plus risquées et les plus traumatisantes que Colonos pouvait endurer.

Une procédure qui, dans le passé, avait parfois causé autant de dommages que les menaces qu'elle était censée combattre.

CHAPITRE 3 :

LA BRECHE DANS LES FRONTIERES

Le Protocole de Purification n'était pas simplement une procédure – c'était une tempête artificielle, une fièvre délibérément provoquée pour brûler ce qui n'appartenait pas à Colonos. Du moins, c'était ainsi que les anciens textes le décrivaient.

Dans les profondeurs des Chambres Pulsantes, Soren Cardius dirigeait les préparatifs avec une précision née de décennies d'expérience. Ses Régulateurs ajustaient les valves cristallines qui contrôlaient le flux et la température du Flux Vital, tandis que d'autres renforçaient les parois des Chambres pour résister à la pression accrue qui allait bientôt les traverser.

"Les circuits de dérivation sont-ils prêts ?" demanda Soren à Pax, qui supervisait une équipe travaillant sur un réseau complexe de canaux secondaires.

"Presque, Maître," répondit le jeune Régulateur, son front luisant de sueur sous l'effort de la concentration. "Mais je crains que les jonctions anciennes ne supportent pas la pression. Elles n'ont pas été conçues pour un tel stress."

Soren fronça les sourcils. C'était précisément ce genre de complications qu'il avait tenté d'expliquer au Conseil. Le Protocole de Purification nécessitait une préparation méticuleuse, pas une mise en œuvre précipitée.

"Renforcez les jonctions avec des sceaux de cristal," ordonna-t-il. "Et réduisez le débit initial de vingt pour cent. Nous augmenterons progressivement."

À quelques pas de là, Valen Leucos observait les opérations, son expression trahissant une impatience à peine contenue. Le Commandant des Sentinelles Immunis avait posté ses guerriers à tous les accès des Chambres Pulsantes, formant un périmètre de sécurité impénétrable.

"Combien de temps encore ?" demanda-t-il, s'approchant de Soren.

"Plus que le demi-cycle que votre Conseil a daigné nous accorder," répondit sèchement le Maître des Pulsations. "À moins que vous ne préfériez risquer une rupture catastrophique des Chambres elles-mêmes ?"

Valen serra les dents mais ne répliqua pas. Même lui comprenait qu'on ne pouvait pas brusquer certains processus, surtout quand ils concernaient le cœur même de Colonos.

"Les Libérateurs ne resteront pas inactifs pendant que nous préparons le Protocole," dit-il finalement. "Mes éclaireurs rapportent des mouvements inhabituels dans les Canaux inférieurs. Ils se rassemblent."

"Pour quoi faire ?" demanda Soren, momentanément distrait de ses calculs.

"Je ne sais pas encore," admit Valen. "Mais Morbius n'est pas stupide. S'il a compris ce que nous préparons..."

Il n'eut pas besoin de finir sa phrase. Si les Libérateurs savaient que le Conseil avait autorisé le Protocole de Purification, ils feraient tout pour l'empêcher. Car une fois déclenché, le Protocole éliminerait systématiquement toutes les Graines Noires de Colonos – du moins en théorie.

"Mes Sentinelles tiendront," affirma Valen avec une confiance qui semblait plus forcée qu'authentique. "Concentrez-vous sur votre tâche, Maître Cardius."

Soren hocha la tête et retourna à ses préparatifs, mais une inquiétude nouvelle s'était ajoutée au poids qui pesait déjà sur ses épaules. Si les Chambres Pulsantes devenaient un champ de bataille entre les

Sentinelles et les Libérateurs, les dégâts collatéraux pourraient être catastrophiques.

Dans les laboratoires inférieurs de la Citadelle, Mira Hémata travaillait frénétiquement, entourée non plus d'un seul échantillon de Graine Noire, mais de plusieurs. Comme promis, Lyra lui avait apporté des fragments prélevés sur les Transporteurs infectés avant leur destruction.

Chaque échantillon racontait une histoire légèrement différente. Certaines Graines semblaient plus agressives, se développant rapidement et transformant radicalement leur hôte. D'autres étaient plus subtiles, s'intégrant presque harmonieusement aux structures existantes, les modifiant sans les détruire.

"Fascinant," murmura Mira, observant comment un fragment particulièrement actif réagissait au Flux Vital qu'elle avait introduit dans son cristal de confinement. Au lieu de simplement l'absorber, la Graine semblait le filtrer, le purifier d'une certaine façon avant de le redistribuer.

"Ce n'est pas une simple corruption," dit-elle à voix haute, bien qu'elle fût seule dans le laboratoire. "C'est une... optimisation."

Le mot lui avait échappé presque malgré elle, mais il semblait juste. Ces Graines, quelles qu'elles soient, ne cherchaient pas à détruire Colonos mais à la rendre plus efficace – selon leurs propres critères, du moins.

Un bruit léger à la porte du laboratoire la fit sursauter. Elle se retourna vivement, craignant d'être découverte avec ses échantillons non autorisés. Mais ce n'était que Lyra, sa silhouette élancée se découpant dans l'encadrement.

"Le Conseil a autorisé le Protocole de Purification," annonça la Messagère sans préambule, son expression grave soulignant la gravité de cette nouvelle.

Mira sentit son cœur se serrer. "Quand ?"

"Les préparatifs sont en cours. Soren Cardius supervise personnellement les ajustements dans les Chambres Pulsantes."

"C'est de la folie," murmura Mira, secouant la tête d'incrédulité. "Le Protocole est une mesure extrême, conçue pour des menaces existentielles immédiates. Nous ne savons même pas si ces Graines représentent réellement un danger !"

"Le Conseil semble convaincu du contraire," répondit Lyra. "Ou du moins, suffisamment inquiet pour ne pas prendre de risques."

Mira se tourna vers ses échantillons, observant leurs pulsations rythmiques qui semblaient s'accélérer légèrement, comme si les Graines percevaient d'une manière ou d'une autre la menace qui pesait sur elles.

"Ils vont détruire quelque chose qu'ils ne comprennent pas," dit-elle avec amertume. "Quelque chose qui pourrait être... important."

Lyra s'approcha, son regard étudiant les multiples échantillons avec une curiosité non dissimulée. "Important comment ?"

Mira hésita. Ce qu'elle avait découvert au cours des derniers cycles était si extraordinaire, si contraire à tout ce que les Sages enseignaient sur la nature de Colonos, qu'elle-même peinait encore à l'accepter pleinement.

"Ces Graines," commença-t-elle lentement, "ne sont pas simplement des anomalies ou des parasites. Elles sont... des catalyseurs. Des déclencheurs d'un processus qui pourrait être inscrit dans la structure même de Colonos depuis sa création."

"Quel processus ?" demanda Lyra, son attention totalement captivée.

"L'évolution," répondit simplement Mira. "Le changement planifié. Comme si Colonos avait été conçue dès le départ pour se transformer à certains moments clés de son existence."

Elle désigna l'un des échantillons, celui qui présentait les caractéristiques les plus intéressantes. "Regarde celui-ci. Il ne détruit pas les structures qu'il infecte – il les reprogramme. Il active des fonctionnalités qui étaient dormantes, latentes. Comme si... comme si ces capacités avaient toujours été là, attendant simplement le bon signal pour s'éveiller."

Lyra observa l'échantillon avec une expression indéchiffrable. "Et tu penses que le Conseil le sait ? Que c'est pour cela qu'ils sont si déterminés à éliminer les Graines ?"

"Je ne sais pas," admit Mira. "Peut-être certains d'entre eux le soupçonnent-ils. Throm, certainement. Il connaît les Archives Ancestrales mieux que quiconque. Il doit avoir vu les signes, les références à des cycles de transformation similaires dans le passé de Colonos."

"Alors pourquoi s'y opposer si violemment ?" demanda Lyra. "Si c'est un processus naturel, inscrit dans la structure même de Colonos..."

"Parce que le changement fait peur," répondit Mira avec un soupir. "Surtout à ceux qui bénéficient de l'ordre établi. Et peut-être aussi parce que cette transformation particulière pourrait révéler des vérités que le Conseil préfère garder cachées."

"Quelles vérités ?"

Mira hésita à nouveau, consciente qu'elle s'aventurait sur un terrain dangereux. Mais si le Protocole de Purification était vraiment en cours de préparation, le temps des demi-vérités et des précautions était révolu.

"Je pense que Colonos n'est pas ce que nous croyons," dit-elle finalement. "Pas simplement une cité-état isolée, existant pour elle-même. Je pense que nous sommes... une partie d'un tout bien plus vaste. Un composant d'un système plus grand que nous ne pouvons même pas imaginer."

Lyra ne sembla pas particulièrement surprise par cette révélation, ce qui intrigua Mira. "Tu as déjà entendu cette théorie ?"

"Disons que certains Messagers ont rapporté des... impressions similaires," répondit prudemment Lyra. "Des sensations étranges lorsqu'ils voyagent près des limites extérieures du Réseau Nervalis. Comme si quelque chose d'immense existait au-delà, quelque chose dont nous ne percevons que l'écho le plus faible."

Mira hocha la tête, sentant un frisson d'excitation mêlé d'appréhension. "Ces Graines pourraient être la clé pour comprendre cette relation. Pour voir au-delà des limites de Colonos. Mais si le Protocole est activé..."

"Elles seront toutes détruites," compléta Lyra. "Et avec elles, peut-être notre seule chance de comprendre notre véritable nature."

Un silence lourd s'installa entre elles, chacune méditant sur les implications de cette possibilité. Ce fut Mira qui le rompit finalement, sa décision prise.

"Je dois parler à Morbius."

Lyra la regarda avec stupéfaction. "Morbius ? Le leader des Libérateurs ? C'est trop dangereux, Mira. Les Sentinelles te considéreraient comme une traîtresse rien que pour avoir suggéré une telle rencontre."

"Je ne cherche pas leur approbation," répliqua fermement Mira. "Je cherche la vérité. Et Morbius, quels que soient ses défauts, semble être le seul à comprendre réellement ce qui se passe. Il a été transformé par les Graines. Il a peut-être déjà vu ce qui existe au-delà de Colonos."

"Et s'il te transforme aussi ?" demanda Lyra, son inquiétude évidente. "Ces Graines ne demandent pas la permission, Mira. Une fois qu'elles t'infectent..."

"Je prendrai ce risque," l'interrompit Mira. "Si le Conseil active le Protocole de Purification, nous pourrions perdre à jamais la chance de comprendre notre véritable nature. Je ne peux pas laisser cela se produire sans avoir au moins tenté de découvrir la vérité."

Lyra l'observa longuement, comme si elle évaluait sa détermination. Puis, avec un soupir résigné, elle hocha la tête. "Je peux t'aider à atteindre les Marais Digestifs sans être détectée par les Sentinelles. Mais une fois là-bas, tu seras seule. Les Libérateurs ne me font pas confiance – ils savent que les Messagers servent officiellement le Conseil."

"C'est tout ce que je demande," dit Mira, commençant déjà à rassembler quelques instruments et parchemins qu'elle glissa dans sa sacoche. "Une chance de découvrir la vérité avant qu'il ne soit trop tard."

Alors qu'elles se préparaient à quitter discrètement le laboratoire, Mira jeta un dernier regard aux échantillons de Graines Noires qui pulsaient dans leurs cristaux de confinement. Quelque part au fond d'elle-même, elle savait que cette décision changerait à jamais non seulement sa propre existence, mais peut-être aussi le destin de Colonos tout entière.

Dans les profondeurs transformées des Marais Digestifs, Morbius sentit le changement avant même que ses lieutenants ne viennent le lui annoncer. Une vibration subtile dans le Flux Vital, une tension nouvelle qui parcourait les structures mêmes de Colonos.

"Ils préparent quelque chose," dit-il à Nécra, qui se tenait à ses côtés devant le cristal noir pulsant qui semblait être devenu le cœur symbolique de leur mouvement. "Quelque chose de puissant."

"Nos observateurs dans les Canaux rapportent une activité inhabituelle autour des Chambres Pulsantes," confirma Nécra. "Des Régulateurs qui travaillent frénétiquement, des Sentinelles postées à chaque entrée."

Morbius ferma son œil unique, se concentrant sur les sensations qui lui parvenaient à travers son lien nouvellement formé avec les Graines Noires disséminées dans tout Colonos. "Le Protocole de Purification," murmura-t-il finalement, une note de respect réticent dans sa voix. "Je ne pensais pas qu'ils oseraient aller jusque-là."

"Le Protocole de Purification ?" répéta Nécra, son expression trahissant son ignorance de ce terme.

"Une procédure ancienne," expliqua Morbius, rouvrant son œil. "Conçue pour éliminer les influences étrangères de Colonos. Une fièvre artificielle, si tu préfères. Le Flux Vital est chauffé à des températures extrêmes, puis propulsé à travers tous les Canaux simultanément. Tout ce qui n'est pas parfaitement intégré à la structure originelle de Colonos est... brûlé."

"Nos Graines..." commença Nécra, comprenant soudain l'implication.

"Seraient détruites, oui," confirma sombrement Morbius. "Ainsi que tous les Libérateurs qui ont embrassé la transformation. Nous serions considérés comme des corps étrangers et éliminés par le Protocole."

"Nous devons les arrêter !" s'exclama Nécra, son corps élancé se tendant comme prêt à l'action immédiate.

"Pas si simple," tempéra Morbius. "Les Chambres Pulsantes sont lourdement gardées. Et même si nous parvenions à y pénétrer, interrompre le Protocole une fois qu'il est lancé pourrait causer des dommages catastrophiques à Colonos tout entière."

"Alors nous sommes condamnés ?" demanda Nécra, une rare note de désespoir dans sa voix habituellement assurée.

Morbius sourit, ce qui, avec son visage partiellement transformé, produisait un effet plus inquiétant que rassurant. "Pas nécessairement. Le Conseil joue son dernier atout, mais nous avons encore des cartes en main."

Il se tourna vers le cristal noir, posant sa main déformée sur sa surface pulsante. Le cristal réagit immédiatement, sa lueur s'intensifiant, des filaments d'énergie sombre s'enroulant autour du bras de Morbius comme en signe de reconnaissance.

"Le Protocole de Purification est puissant," poursuivit-il, "mais il a été conçu pour éliminer des menaces externes, des invasions venues des Frontières Dermiques. Nos Graines sont différentes. Elles ne sont pas vraiment étrangères à Colonos – elles réveillent des potentialités qui ont toujours été présentes, latentes dans la structure même de notre monde."

"Tu penses qu'elles peuvent survivre au Protocole ?" demanda Nécra, un espoir prudent renaissant dans sa voix.

"Certaines, oui. Les plus profondément intégrées. Et si suffisamment survivent..." Morbius laissa sa phrase en suspens, son œil unique brillant d'une détermination féroce. "Mais nous ne pouvons pas nous contenter d'attendre et d'espérer. Nous devons agir, accélérer notre propre plan."

"Comment ?"

"Les Frontières Dermiques," répondit Morbius. "C'est là que nous frapperons."

Nécra fronça les sourcils, perplexe. "Les Frontières ? Mais elles sont parmi les structures les plus résistantes de Colonos. Et quel serait l'intérêt stratégique ?"

"Pas les détruire," précisa Morbius. "Les ouvrir. Créer une brèche, un point de contact direct avec... l'extérieur."

Le mot "extérieur" résonna étrangement dans l'atmosphère transformée des Marais, chargé d'un mystère presque sacré.

"Tu crois vraiment qu'il existe quelque chose au-delà de Colonos ?" demanda doucement Nécra, exprimant un doute que beaucoup de Libérateurs partageaient encore, malgré leur allégeance à Morbius.

"Je ne le crois pas, Nécra. Je le sais." La conviction dans la voix de Morbius était absolue. "Et bientôt, tous le sauront. Le Conseil a maintenu Colonos dans l'ignorance pendant trop longtemps, nous faisant croire que notre monde était tout ce qui existait. Mais la vérité est bien plus vaste, bien plus extraordinaire."

Il s'éloigna du cristal, se dirigeant vers une table où était étalée une carte complexe de Colonos, montrant non seulement les régions connues mais aussi des zones marquées d'annotations mystérieuses.

"Rassemble nos forces," ordonna-t-il. "Tous les Libérateurs capables de combattre. Nous frapperons ici," il désigna un point précis sur les

Frontières Dermiques, "là où la barrière est la plus fine. Si nous concentrons suffisamment d'énergie, nous pourrons créer une ouverture temporaire."

"Et ensuite ?" demanda Nécra, étudiant le point indiqué avec une fascination mêlée d'appréhension.

"Ensuite," répondit Morbius avec un sourire énigmatique, "nous montrerons à tous les habitants de Colonos ce que le Conseil leur a caché depuis la nuit des temps. La vérité sur notre monde et sur nous-mêmes."

Alors que Nécra s'éloignait pour transmettre les ordres, Morbius resta seul devant la carte, son doigt traçant pensivement le contour des Frontières Dermiques. Ce qu'il ne dit pas à sa lieutenante, c'est que cette action désespérée comportait des risques immenses. Ouvrir une brèche dans les Frontières, même temporairement, pourrait exposer Colonos à des dangers inconnus.

Mais face à l'extinction promise par le Protocole de Purification, c'était un risque qu'il était prêt à prendre. Car dans son esprit transformé par les Graines Noires, une conviction s'était formée, inébranlable : le destin de Colonos n'était pas de rester éternellement isolée, figée dans un équilibre artificiel, mais de faire partie d'un tout plus grand, d'évoluer et de s'adapter en harmonie avec le monde extérieur dont elle avait été trop longtemps coupée.

Et si cette évolution devait commencer par une brèche douloureuse dans les certitudes confortables qui avaient bercé Colonos pendant des éons, qu'il en soit ainsi.

Valen Leucos n'avait jamais aimé l'attente. Toute sa formation de Sentinelle Immunis l'avait préparé à l'action directe, à l'élimination rapide et efficace des menaces. Pourtant, depuis plusieurs heures, il se tenait immobile près de l'entrée principale des Chambres Pulsantes, observant les Régulateurs s'affairer aux préparatifs du Protocole de Purification.

"Commandant," appela l'un de ses Lanciers, s'approchant rapidement. "Nous avons un problème."

Valen se redressa immédiatement, tous ses sens en alerte. "Parle."

"Des mouvements inhabituels ont été détectés près des Frontières Dermiques du secteur Est. Un grand nombre de... créatures se rassemblent."

"Des Libérateurs ?"

Le Lancier hocha la tête. "Selon toute vraisemblance. Ils semblent se préparer à une action coordonnée."

Valen fronça les sourcils. Les Frontières Dermiques étaient loin des Chambres Pulsantes. Si les Libérateurs prévoyaient d'interférer avec le Protocole de Purification, pourquoi se rassembler là-bas ?

"Combien sont-ils ?"

"Plusieurs centaines, d'après nos éclaireurs. Et ils continuent d'affluer."

Cette information était troublante. Jusqu'à présent, les Libérateurs avaient opéré en petits groupes, se cachant dans les recoins obscurs de Colonos, évitant les confrontations directes avec les Sentinelles. Un rassemblement de cette ampleur suggérait un changement radical de stratégie.

"Morbius prépare quelque chose," murmura Valen, plus pour lui-même que pour le Lancier. "Quelque chose d'important."

Il réfléchit rapidement, pesant ses options. Les Chambres Pulsantes devaient rester protégées à tout prix – le succès du Protocole de Purification en dépendait. Mais il ne pouvait pas non plus ignorer une menace potentielle contre les Frontières Dermiques, qui constituaient la première ligne de défense de Colonos contre les dangers extérieurs.

"Contacte le capitaine Arios," ordonna-t-il finalement. "Qu'il prenne la moitié des Sentinelles stationnées dans les Canaux Secondaires et se dirige immédiatement vers les Frontières Est. Observation uniquement pour l'instant – qu'il n'engage pas le combat sans mon ordre direct."

Le Lancier s'inclina et s'éloigna rapidement pour transmettre les instructions. Valen se tourna vers Soren Cardius, qui supervisait l'ajustement d'une valve particulièrement complexe.

"Maître Cardius," appela-t-il. "Où en sont les préparatifs ?"

Soren leva les yeux, son expression trahissant à la fois la concentration intense et l'épuisement. "Nous approchons de la phase finale. Encore quelques ajustements aux circuits de dérivation, et nous serons prêts à initier la séquence."

"Combien de temps exactement ?"

"Une heure, peut-être moins si nous ne rencontrons pas d'autres complications."

Valen hocha la tête, satisfait malgré son impatience. Le Protocole serait bientôt activé, éliminant la menace des Graines Noires une fois pour toutes. Quoi que Morbius prépare aux Frontières, il serait trop tard.

Pourtant, une inquiétude persistait au fond de son esprit. Pourquoi les Frontières ? Quel intérêt stratégique pouvaient-elles représenter pour les Libérateurs ?

Il fut tiré de ses réflexions par l'arrivée d'un autre Lancier, celui-ci visiblement agité.

"Commandant ! La Mage-Réparatrice Mira Hémata a disparu de la Citadelle !"

Valen se figea, une alarme silencieuse résonnant dans son esprit. "Disparue comment ?"

"Elle a quitté son laboratoire il y a plusieurs heures et n'a pas été revue depuis. Ses échantillons de Graines Noires sont toujours là, mais certains de ses instruments et parchemins manquent."

"A-t-elle laissé un message ? Une indication de sa destination ?"

Le Lancier secoua la tête. "Rien, Commandant. Elle s'est simplement... volatilisée."

Valen serra les poings, une suspicion désagréable prenant forme dans son esprit. Mira avait toujours été fascinée par les Graines Noires, plus intéressée par leur compréhension que par leur élimination. Et ses questions persistantes sur leur nature, ses théories sur une possible "évolution nécessaire" de Colonos...

"La Messagère Lyra Nervalis," dit-il soudain. "Où est-elle ?"

Le Lancier parut surpris par cette question apparemment sans rapport. "Je... je l'ignore, Commandant. Voulez-vous que je la fasse rechercher ?"

"Immédiatement," ordonna Valen. "Et envoie un message au Conseil. Ils doivent être informés de ces développements."

Alors que le Lancier s'éloignait pour exécuter ces nouvelles instructions, Valen sentit une tension nouvelle s'installer en lui. Les événements s'accéléraient, convergeant vers un point critique qu'il ne parvenait pas encore à discerner clairement.

Mira, disparue. Les Libérateurs, rassemblés aux Frontières. Le Protocole de Purification, sur le point d'être activé. Ces éléments formaient un schéma troublant, comme si toutes les forces en présence se préparaient à un affrontement final dont l'issue déterminerait le destin de Colonos.

Et au milieu de tout cela, une question persistante continuait de le hanter : et si Mira avait raison ? Si ces Graines Noires, loin d'être une simple corruption, représentaient une évolution nécessaire pour Colonos ?

Il chassa rapidement cette pensée dangereuse. Son devoir était clair : protéger Colonos, maintenir l'ordre, préserver le Grand Équilibre. Les doutes philosophiques étaient un luxe qu'il ne pouvait se permettre, surtout maintenant, à l'heure où des décisions cruciales devaient être prises.

Pourtant, alors qu'il retournait à son poste près de l'entrée des Chambres, Valen ne put s'empêcher de se demander si l'histoire se souviendrait de lui comme du sauveur de Colonos ou comme de celui qui avait empêché son évolution naturelle.

Le voyage vers les Marais Digestifs fut plus rapide que Mira ne l'avait anticipé. Grâce à Lyra et à sa connaissance intime du Réseau Nervalis, elles évitèrent facilement les patrouilles de Sentinelles qui sillonnaient les Canaux Principaux.

"Nous approchons du blocus," murmura Lyra alors qu'elles progressaient dans un Canal Secondaire rarement utilisé, sa surface intérieure légèrement atrophiée par le manque de Flux Vital régulier.

Mira hocha la tête, serrant contre elle la sacoche contenant ses instruments et parchemins. Elle avait emporté le strict nécessaire pour documenter ses découvertes, ainsi qu'un petit cristal de confinement contenant un fragment de Graine Noire – son échantillon le plus actif.

"Comment allons-nous passer ?" demanda-t-elle, apercevant au loin les lueurs caractéristiques des armes des Sentinelles.

Lyra sourit légèrement. "Les Messagers connaissent des passages que même les Sentinelles ignorent. Des voies anciennes, oubliées de la plupart des habitants de Colonos."

Elle guida Mira vers ce qui semblait être une impasse – une paroi lisse et pulsante qui bloquait complètement le Canal. Mais lorsque Lyra posa sa main sur la surface, celle-ci ondula légèrement, révélant une ouverture étroite qui n'était visible que sous un certain angle.

"Un passage sensoriel," expliqua-t-elle en voyant l'expression surprise de Mira. "Il ne s'ouvre qu'en réponse à certaines fréquences vibratoires que les Messagers sont formés à émettre."

Elles se glissèrent dans l'ouverture, qui se referma silencieusement derrière elles. Le tunnel dans lequel elles se trouvaient maintenant était étroit et faiblement éclairé par une bioluminescence verdâtre qui semblait émaner des parois elles-mêmes.

"Ces tunnels parcourent tout Colonos," poursuivit Lyra alors qu'elles avançaient prudemment. "Ils sont antérieurs même au Réseau Nervalis tel que nous le connaissons aujourd'hui. Certains Messagers pensent qu'ils constituaient le système de communication originel de Colonos, avant que des structures plus sophistiquées ne se développent."

Mira observait avec fascination les parois du tunnel, notant leur texture différente de celle des Canaux habituels. "Pourquoi le Conseil n'utilise-t-il pas ces passages ? Ils semblent offrir un avantage stratégique considérable."

"Parce que la plupart des Sages ignorent leur existence," répondit Lyra. "Ou préfèrent l'ignorer. Ces tunnels ne correspondent pas à leur vision ordonnée de Colonos. Ils sont... organiques, imprévisibles. Ils changent parfois de configuration sans avertissement."

Comme pour illustrer ses propos, le tunnel devant elles bifurqua soudainement, une nouvelle branche se formant sous leurs yeux, les parois s'étirant et se reconfigurant avec un bruit de succion humide.

"Fascinant," murmura Mira. "Ces tunnels semblent presque... conscients."

"Peut-être le sont-ils, d'une certaine façon," suggéra Lyra. "Comme toutes les structures de Colonos, ils sont vivants. Mais leur vie suit des règles différentes de celles que le Conseil reconnaît comme légitimes."

Elles continuèrent en silence pendant un moment, le tunnel s'enfonçant progressivement vers les profondeurs de Colonos. L'air devenait plus épais, chargé d'odeurs complexes que Mira associait aux processus digestifs et métaboliques qui se déroulaient dans les Marais.

"Nous approchons," annonça finalement Lyra, ralentissant son pas. "Au-delà de ce tournant, nous entrerons dans le territoire contrôlé par les Libérateurs. Je ne peux pas t'accompagner plus loin, Mira."

La Mage-Réparatrice s'arrêta, se tournant vers sa guide. "Je comprends. Tu as déjà pris suffisamment de risques en m'amenant jusqu'ici."

"Ce n'est pas seulement une question de risque," expliqua Lyra. "Les Libérateurs ont... modifié les tunnels dans leur territoire. Ils réagissent différemment, répondent à des fréquences que je ne maîtrise pas. Si j'essayais de te suivre, nous pourrions nous retrouver piégées."

Mira hocha la tête, appréciant l'honnêteté de la Messagère. "Comment saurai-je où trouver Morbius ?"

"Tu n'auras pas à le chercher," répondit Lyra avec un léger sourire. "Il te trouvera. Les Libérateurs surveillent constamment ces tunnels. Dès que tu franchiras la frontière de leur territoire, ils sauront que tu es là."

"Et s'ils décident que je représente une menace ?"

"Alors j'aurai fait une grave erreur de jugement," admit Lyra. "Mais je ne le crois pas. Morbius est peut-être transformé, mais il n'est pas stupide. Une Mage-Réparatrice venant volontairement dans son territoire, seule et sans escorte de Sentinelles ? Il sera trop curieux pour simplement t'éliminer."

Cette logique était sensée, mais Mira ne pouvait s'empêcher de ressentir une appréhension grandissante. Elle allait délibérément à la rencontre de celui que tout Colonos considérait comme son ennemi le plus dangereux, sans aucune garantie quant à ses intentions.

"Si je ne reviens pas..." commença-t-elle.

"Ne parle pas ainsi," l'interrompit Lyra. "Tu reviendras. Avec des réponses, j'espère."

Mira sourit faiblement. "Des réponses, oui. Reste à savoir si ce seront celles que nous espérons."

Sur ces paroles, elle serra brièvement la main de Lyra en signe d'adieu, puis se tourna vers le tournant qui marquait la frontière du territoire des Libérateurs. Prenant une profonde inspiration, elle s'avança, seule, vers l'inconnu.

Le tunnel au-delà du tournant était immédiatement différent. La bioluminescence verdâtre avait fait place à une lueur plus sombre, presque violacée, qui pulsait à un rythme désynchronisé par rapport aux battements habituels de Colonos. Les parois, autrefois lisses, étaient maintenant parcourues de veines noires qui semblaient former des motifs complexes, presque comme une forme d'écriture.

Mira n'eut pas à attendre longtemps. À peine avait-elle parcouru quelques dizaines de pas que des silhouettes émergèrent des parois mêmes du tunnel, se matérialisant comme si elles en avaient fait partie intégrante. Des Libérateurs, sans aucun doute, leurs corps partiellement transformés par les Graines Noires, chacun unique dans sa métamorphose mais tous partageant cette même lueur d'intelligence éveillée dans leurs yeux.

"Mage-Réparatrice Mira Hémata," prononça l'un d'eux, sa voix étrangement mélodieuse malgré la déformation de sa gorge. "Vous êtes attendue."

Mira ne put cacher sa surprise. "Attendue ?"

"Morbius a senti votre approche," expliqua simplement le Libérateur. "Il vous invite à le rejoindre au Cœur des Marais."

Sans plus d'explications, les Libérateurs l'encadrèrent, la guidant plus profondément dans le tunnel transformé. Mira les suivit, observant avec une fascination professionnelle les modifications que leurs corps avaient subies. Certains avaient développé des appendices supplémentaires, d'autres voyaient leur peau fusionner partiellement avec l'environnement. Tous semblaient parfaitement à l'aise dans leur nouvelle forme, se déplaçant avec une grâce fluide qui contrastait avec l'apparente asymétrie de leur anatomie.

Le tunnel déboucha finalement sur une vaste caverne que Mira reconnut comme l'une des chambres principales des Marais Digestifs – ou du moins, ce qu'elle avait été autrefois. Car l'espace avait été radicalement transformé. Les parois spongieuses et verdâtres caractéristiques des Marais étaient maintenant parcourues de veines noires pulsantes, formant un réseau complexe qui convergeait vers le centre de la caverne.

Et là, au milieu de cet espace transformé, se tenait Morbius.

La première pensée de Mira fut que les descriptions de Valen ne lui rendaient pas justice. L'ancien Commandant des Sentinelles avait effectivement subi une métamorphose profonde, mais le résultat n'était pas la monstruosité chaotique que les rapports suggéraient. Il y avait une étrange harmonie dans sa transformation, comme si chaque modification de son corps servait un but précis, s'intégrait dans un schéma plus large.

Son visage était partiellement recouvert par une substance noire et luisante, ne laissant visible qu'un œil – brillant d'une intelligence acérée – et une partie de sa bouche. Son corps avait développé des excroissances asymétriques qui auraient dû le déséquilibrer, mais il se tenait parfaitement droit, avec une présence imposante qui commandait le respect malgré son apparence troublante.

"Mira Hémata," dit-il, sa voix plus profonde que dans le souvenir de Valen, mais parfaitement articulée. "La Mage-Réparatrice qui cherche à comprendre plutôt qu'à détruire. Bienvenue dans notre sanctuaire."

Mira s'avança, consciente des regards de dizaines de Libérateurs fixés sur elle. "Je suis venue chercher des réponses, Morbius."

"Et je suis prêt à les offrir," répondit-il avec ce qui semblait être un sourire. "Mais d'abord, dites-moi : qu'avez-vous découvert dans vos études de nos Graines ?"

Mira hésita, incertaine de la sagesse de partager ses découvertes. Mais elle était venue jusqu'ici pour la vérité, et la dissimulation ne servirait pas cet objectif.

"Elles ne sont pas ce que le Conseil croit," dit-elle finalement. "Pas de simples corruptions ou parasites. Elles semblent... réveiller des potentialités latentes dans les structures de Colonos. Comme si elles activaient des fonctionnalités qui ont toujours été présentes mais dormantes."

Morbius inclina légèrement la tête, son œil unique brillant d'approbation. "Précisément. Vous voyez plus clairement que la plupart, Mage-Réparatrice."

Il s'approcha d'un cristal noir qui pulsait au centre de la caverne, posant sa main déformée sur sa surface. Le cristal réagit immédiatement, sa lueur s'intensifiant.

"Ce que vous appelez Graines Noires, nous les appelons Clés," poursuivit-il. "Car c'est exactement ce qu'elles sont – des clés pour déverrouiller le véritable potentiel de Colonos. Pour nous libérer des contraintes artificielles imposées par le Conseil et son Grand Équilibre."

"Libérer pour quoi ?" demanda Mira, s'approchant à son tour du cristal, fascinée par ses pulsations qui semblaient répondre à celles des veines noires parcourant les parois.

"Pour évoluer," répondit simplement Morbius. "Pour nous adapter. Pour comprendre notre véritable nature et notre place dans un univers bien plus vaste que celui que le Conseil nous a laissé entrevoir."

Il fit un geste englobant la caverne transformée. "Tout ce que vous voyez ici n'est qu'un début, Mira. Une première étape vers une transformation qui pourrait élever Colonos à un niveau d'existence entièrement nouveau."

"Ou la détruire," suggéra doucement Mira, exprimant la crainte qui motivait les actions du Conseil.

"Le changement comporte toujours des risques," admit Morbius. "Mais l'immobilité garantit la stagnation, et ultimement, l'extinction. Colonos n'a pas été conçue pour rester figée éternellement dans un état d'équilibre artificiel. Elle a été conçue pour grandir, évoluer, s'adapter."

"Conçue par qui ?" demanda Mira, touchant au cœur de la question qui l'avait amenée jusqu'ici.

Morbius sourit, révélant des dents qui s'étaient allongées et aiguisées avec sa transformation. "Ah, la question fondamentale. Qui a créé Colonos ? Qui a établi ses lois initiales ? Qui a déterminé sa structure et sa fonction ?"

Il s'éloigna du cristal, faisant signe à Mira de le suivre vers un recoin de la caverne où une ouverture étroite menait à une chambre plus petite. À l'intérieur, les parois étaient couvertes de symboles étranges, certains gravés directement dans la matière organique, d'autres formés par les veines noires pulsantes.

"Les Archives Ancestrales de la Citadelle ne contiennent qu'une fraction de l'histoire de Colonos," expliqua Morbius. "Une version soigneusement éditée, préservant certaines connaissances mais en occultant d'autres, jugées trop dangereuses ou déstabilisantes par les premiers Sages."

Il désigna les symboles sur les murs. "Ceci est l'histoire non censurée. Des fragments que j'ai découverts lors de mes explorations des régions profondes de Colonos, avant même ma transformation. Des vérités que le Conseil a tenté d'effacer de notre mémoire collective."

Mira s'approcha, étudiant les symboles avec une fascination professionnelle. Certains lui étaient vaguement familiers, rappelant des notations anciennes qu'elle avait aperçues dans les sections les plus restreintes des Archives. D'autres étaient totalement inconnus, leur signification obscure mais leur structure suggérant un système d'écriture cohérent.

"Que disent-ils ?" demanda-t-elle, incapable de déchiffrer ce langage oublié.

"Ils racontent l'origine de Colonos," répondit Morbius, sa voix prenant une qualité presque révérencieuse. "Comment notre monde n'est pas une entité isolée, existant pour elle-même, mais une partie d'un tout infiniment plus vaste. Un composant d'un système vivant si immense que nous pouvons à peine le concevoir."

Il traça du doigt l'un des symboles les plus complexes. "Ils parlent d'un Être dont nous ne sommes qu'une infime partie. Un Être qui nous contient tous, dont chaque habitant de Colonos est une cellule spécialisée, chaque région un organe avec sa fonction propre."

Mira sentit un frisson parcourir son échine. Cette théorie correspondait parfaitement à ses propres observations, aux conclusions vers lesquelles ses recherches l'avaient guidée.

"Le Grand Être," murmura-t-elle, donnant instinctivement un nom à ce concept vertigineux.

"Exactement," approuva Morbius. "Et ces inscriptions révèlent que Colonos a été conçue pour évoluer en harmonie avec ce Grand Être, pour s'adapter à ses besoins changeants. Les Cycles de Renouveau, les transformations périodiques que le Conseil a tenté de supprimer – elles sont toutes part d'un plan plus vaste."

"Et les Graines Noires – les Clés – font partie de ce plan ?" demanda Mira, commençant à assembler les pièces du puzzle.

"Elles en sont les catalyseurs," confirma Morbius. "Programmées pour s'activer à certains moments critiques, quand Colonos doit évoluer pour répondre aux nouveaux besoins du Grand Être."

Il se tourna vers elle, son œil unique brillant d'une intensité presque hypnotique. "Le Conseil le sait, Mira. Du moins, certains de ses membres les plus anciens. Ils savent que ces transformations sont naturelles, nécessaires même. Mais ils les craignent car elles menacent leur pouvoir, leur vision d'un ordre immuable qu'ils contrôlent."

"Alors pourquoi maintenant ?" demanda Mira. "Pourquoi ces Clés s'activent-elles à ce moment précis ?"

"Parce que le Grand Être change," répondit simplement Morbius. "Il évolue, grandit, se transforme lui-même. Et Colonos doit s'adapter ou périr."

Il la guida hors de la petite chambre, de retour vers le cristal noir pulsant au centre de la caverne principale. "Le Conseil a autorisé le Protocole de Purification," annonça-t-il, changeant apparemment de sujet.

Mira acquiesça, pas vraiment surprise que Morbius soit déjà au courant. "Ils espèrent éliminer toutes les Graines – toutes les Clés – d'un seul coup."

"Une tentative désespérée de maintenir le statu quo," commenta Morbius. "Mais ils ne comprennent pas que la transformation est déjà trop avancée. Certaines de nos Clés sont si profondément intégrées aux structures fondamentales de Colonos qu'elles survivront au Protocole."

"Et ensuite ?"

"Ensuite, nous accélérons notre propre plan." Morbius se tourna vers elle, son expression soudain plus grave. "C'est pourquoi votre arrivée est si opportune, Mira Hémata. Car nous sommes à un point de bascule, et vos connaissances pourraient faire la différence entre une transformation harmonieuse et un chaos destructeur."

Mira sentit le poids de cette déclaration, comprenant que Morbius lui offrait un choix – peut-être le plus important de son existence.

"Que préparez-vous exactement ?" demanda-t-elle, déterminée à comprendre pleinement avant de s'engager.

"Nous allons ouvrir une brèche dans les Frontières Dermiques," répondit Morbius sans détour. "Créer un point de contact direct avec... l'extérieur. Montrer à tous les habitants de Colonos la vérité sur notre monde et sur le Grand Être dont nous faisons partie."

Mira écarquilla les yeux, stupéfaite par l'audace de ce plan. "Les conséquences pourraient être catastrophiques ! Les Frontières nous protègent, maintiennent notre intégrité structurelle. Les briser, même temporairement..."

"Comportera des risques, oui," compléta Morbius. "Mais face à l'extinction promise par le Protocole de Purification, c'est un risque que nous devons prendre. Et avec votre aide, ces risques pourraient être considérablement réduits."

"Mon aide ?" répéta Mira, perplexe.

"Vous êtes une Mage-Réparatrice," expliqua Morbius. "Votre spécialité est de comprendre et de manipuler les flux d'énergie qui parcourent Colonos. Avec vos connaissances, nous pourrions créer une brèche contrôlée, stable, qui nous permettrait d'établir le contact sans compromettre l'intégrité globale des Frontières."

Mira resta silencieuse, méditant sur cette proposition. Tout ce que Morbius lui avait révélé correspondait à ses propres théories, aux conclusions vers lesquelles ses recherches l'avaient guidée. Si le Grand Être existait réellement, si Colonos n'était qu'une partie d'un tout plus vaste...

Mais aider les Libérateurs signifierait trahir le Conseil, s'opposer directement à l'ordre établi qu'elle avait servi toute sa vie. Et si Morbius se trompait ? Si cette transformation n'était pas une évolution nécessaire mais une corruption destructrice ?

"Je comprends votre hésitation," dit doucement Morbius, comme s'il lisait dans ses pensées. "Vous avez consacré votre existence à la recherche de la vérité, mais toujours dans le cadre des structures établies. Franchir cette ligne représente un saut dans l'inconnu."

Il s'approcha, tendant sa main déformée vers elle – un geste étonnamment humain venant d'un être si transformé. "Je ne vous demande pas de nous rejoindre aveuglément, Mira. Je vous demande simplement de considérer la possibilité que le Conseil, malgré toute sa sagesse apparente, puisse avoir tort sur ce point crucial. Que leur peur du changement les conduise à s'opposer à une évolution nécessaire à la survie même de Colonos."

Mira regarda cette main tendue, symbole d'un choix qui changerait à jamais non seulement sa propre existence, mais peut-être aussi le destin de Colonos tout entière.

"Quand comptez-vous agir ?" demanda-t-elle, gagnant du temps pour réfléchir.

"Dès que le Protocole de Purification sera activé," répondit Morbius. "Nos forces sont déjà en position près des Frontières Est, attendant mon signal. Quand le Flux Vital commencera à chauffer, nous frapperons."

Mira prit une profonde inspiration, sa décision cristallisée par l'imminence de l'action. "Je ne peux pas vous rejoindre pleinement, Morbius. Pas encore. Pas sans avoir vu de mes propres yeux ce qui existe au-delà des Frontières."

Elle sortit de sa sacoche le petit cristal de confinement contenant le fragment de Graine Noire qu'elle avait emporté. "Mais je peux vous offrir ceci – mes observations sur la structure interne de vos Clés. Elles pourraient vous aider à créer une brèche plus stable, moins destructrice."

Morbius observa le cristal avec intérêt, puis reporta son regard sur Mira. "Une position prudente, mais compréhensible. J'accepte votre offre, Mage-Réparatrice."

Il prit délicatement le cristal, l'examinant brièvement avant de le confier à l'un des Libérateurs qui se tenait à proximité. "Nécra vous escortera jusqu'à un point d'observation sécurisé près des Frontières Est. De là, vous pourrez assister à notre tentative sans vous compromettre directement."

Une Libératrice élancée s'avança, son corps parcouru de filaments noirs qui semblaient absorber la lumière environnante. "Ce sera un honneur de guider la Mage-Réparatrice," dit-elle d'une voix mélodieuse qui contrastait avec son apparence inquiétante.

Mira hocha la tête en signe d'acceptation. Cette solution lui permettait d'observer sans s'engager irréversiblement, de voir par elle-même si les théories de Morbius sur le Grand Être étaient fondées.

"Une dernière chose," dit Morbius alors qu'elle s'apprêtait à suivre Nécra. "Le Commandant Leucos. Il était votre ami, n'est-ce pas ?"

Mira hésita, surprise par cette question personnelle. "Nous avons collaboré à plusieurs reprises, oui. Je le respecte, malgré nos désaccords récents."

"Il sera aux Frontières," prévint Morbius. "Il a déjà envoyé des Sentinelles pour observer nos mouvements. Quand nous agirons, il tentera de nous arrêter."

"Vous allez l'affronter ?" demanda Mira, une note d'inquiétude dans sa voix.

"Si nécessaire," répondit gravement Morbius. "Mais je préférerais l'éviter. Valen est un guerrier honorable, même s'il est aveuglé par sa loyauté au Conseil. Si vous avez l'occasion de lui parler avant que les événements ne s'accélèrent... peut-être pourriez-vous l'inciter à considérer une autre perspective."

Mira acquiesça lentement. "Je peux essayer. Mais Valen est profondément attaché à sa vision de l'ordre et du devoir."

"Comme nous tous, avant que nos yeux ne s'ouvrent," dit Morbius avec ce qui semblait être un sourire nostalgique. "Allez maintenant. Le temps presse, et les décisions que nous prendrons dans les heures à venir façonneront l'avenir de Colonos pour des éons."

Alors que Mira suivait Nécra vers l'une des sorties de la caverne, elle ne put s'empêcher de se demander si elle venait de faire le premier pas vers une vérité transcendante ou vers une catastrophe sans précédent. Mais une chose était certaine : il n'y aurait pas de retour en arrière. Quoi qu'il arrive aux Frontières Est, Colonos ne serait plus jamais la même.

CHAPITRE 4 :

CONSEIL DES REGIONS

La Citadelle Centrale bourdonnait d'une activité frénétique. Des Messagers du Réseau Nervalis traversaient les couloirs cristallins à une vitesse vertigineuse, transportant ordres et informations entre les différentes chambres du pouvoir. Des Archivistes s'affairaient dans les bibliothèques, consultant d'anciens textes sur le Protocole de Purification et ses précédentes utilisations. Des Sentinelles Immunis montaient la garde à chaque intersection, leur vigilance accrue par la tension palpable qui imprégnait l'air.

Au cœur de ce tumulte organisé, dans la Grande Salle des Confluences, le Conseil des Régions s'était réuni en session extraordinaire. Les douze Sages, représentants des principales régions de Colonos, étaient assis autour de la Table des Confluences, une structure circulaire où convergeaient des filaments représentant chaque territoire majeur de la cité vivante.

Le Sage Suprême, être androgyne au corps translucide qui pulsait doucement au rythme du Flux Vital, présidait l'assemblée. À sa droite se tenait Throm Osseus, le massif représentant des Piliers Structurels. À sa gauche, Aria Pulmonus, l'élégante Sage des Cavernes Pulmonaires, dont la peau bleutée semblait constamment ondoyer comme sous l'effet d'une brise invisible.

"Les préparatifs du Protocole de Purification progressent comme prévu," annonçait le Sage Suprême, sa voix éthérée résonnant dans la salle aux proportions imposantes. "Selon les derniers rapports de Soren Cardius, les Chambres Pulsantes seront prêtes à initier la séquence dans moins d'un cycle."

"Et les Libérateurs ?" demanda Nerva Opticus, le Sage à la vision perçante qui représentait les régions sensorielles de Colonos. "Le Commandant Leucos a signalé des mouvements inquiétants près des Frontières Dermiques."

"Une diversion, sans doute," intervint Throm, sa voix grave contrastant avec celle, plus éthérée, du Sage Suprême. "Morbius doit avoir compris ce que nous préparons. Il cherche à diviser nos forces."

"Ou peut-être poursuit-il un autre objectif," suggéra doucement Aria Pulmonus. "Les Frontières sont loin des Chambres Pulsantes. S'il voulait simplement interférer avec le Protocole, il concentrerait ses forces ailleurs."

Un murmure parcourut l'assemblée, les Sages échangeant des regards inquiets. L'idée que Morbius puisse avoir un plan qui leur échappait entièrement était profondément troublante.

"Quoi qu'il en soit," reprit fermement le Sage Suprême, "nous ne pouvons pas nous permettre de prendre des risques. Le Protocole doit être activé avant que la corruption ne s'étende davantage. Valen Leucos a déployé des Sentinelles supplémentaires aux Frontières Est, tout en maintenant une présence suffisante autour des Chambres Pulsantes."

"Et qu'en est-il de la Mage-Réparatrice ?" demanda soudain une voix depuis l'entrée de la salle.

Tous les regards se tournèrent vers la source de cette interruption. Lyra Nervalis se tenait là, sa silhouette élancée se découpant dans l'encadrement lumineux de la porte. Bien que les Messagers du Réseau servissent officiellement le Conseil, il était inhabituel que l'un d'eux intervienne ainsi sans y être expressément invité.

"Messagère Nervalis," dit le Sage Suprême, une note de réprimande dans sa voix éthérée. "Vous n'avez pas été convoquée à cette session."

"Je vous prie de m'excuser, Sage Suprême," répondit Lyra en s'avançant néanmoins dans la salle, "mais j'apporte des informations qui ne peuvent attendre. Mira Hémata a quitté la Citadelle."

Cette annonce provoqua une nouvelle vague de murmures parmi les Sages. Throm Osseus se leva brusquement, sa massive silhouette projetant une ombre imposante sur la Table des Confluences.

"Quand ?" demanda-t-il, son ton trahissant une inquiétude qu'il tentait de masquer sous la colère. "Et comment ?"

"Il y a environ un demi-cycle," répondit Lyra, son regard soutenant celui du vieux gardien sans ciller. "Quant au comment... elle connaît la Citadelle mieux que la plupart, ayant passé des années dans ses Archives."

"Où est-elle allée ?" intervint le Sage Suprême, sa voix calme mais ferme.

Lyra hésita, comme si elle pesait soigneusement sa réponse. "Je l'ignore avec certitude. Mais étant donné son intérêt pour les Graines Noires et les questions qu'elle se posait sur leur véritable nature..."

Elle n'eut pas besoin de finir sa phrase. L'implication était claire pour tous : Mira avait probablement cherché à entrer en contact avec les Libérateurs, peut-être même avec Morbius lui-même.

"C'est de la trahison," gronda Throm, ses poings massifs se serrant convulsivement.

"C'est de la curiosité scientifique," corrigea doucement Aria Pulmonus. "Mira a toujours privilégié la connaissance à la politique. Si elle est allée vers les Libérateurs, c'est pour comprendre, pas pour trahir."

"La compréhension sans sagesse est dangereuse," rétorqua Throm. "Surtout quand elle concerne des forces que nous avons délibérément contenues pendant des éons."

Cette dernière remarque attira l'attention du Sage Suprême, qui tourna son regard translucide vers le gardien des Piliers. "Que voulez-vous dire exactement, Throm Osseus ?"

Un silence tendu s'installa dans la salle. Throm semblait soudain conscient d'en avoir peut-être trop dit. Il jeta un regard circulaire à l'assemblée, comme pour évaluer qui, parmi les Sages présents, partageait certaines connaissances secrètes.

"Je fais référence aux Cycles de Transformation," dit-il finalement, choisissant ses mots avec soin. "Des périodes de l'histoire de Colonos où des changements majeurs se sont produits dans sa structure même. Des périodes que le Conseil a toujours cherché à... réguler."

"Réguler ou supprimer ?" demanda Lyra, sa voix calme mais incisive.

Throm lui lança un regard noir, clairement irrité par cette intervention d'une simple Messagère dans des affaires qui, selon lui, dépassaient largement son rang.

"Cette discussion s'écarte du sujet," intervint le Sage Suprême, sentant peut-être que le terrain devenait dangereux. "Notre priorité immédiate est le Protocole de Purification. Quant à Mira Hémata... si elle a effectivement rejoint les Libérateurs, elle devra répondre de ses actes une fois la crise actuelle résolue."

Il se tourna vers Lyra. "Messagère Nervalis, vous êtes chargée de transmettre au Commandant Leucos l'information concernant la disparition de la Mage-Réparatrice. Il doit être alerté de sa possible présence parmi les Libérateurs."

Lyra s'inclina légèrement, acceptant cette mission sans commentaire. Mais alors qu'elle s'apprêtait à quitter la salle, un tremblement subtil parcourut la Citadelle tout entière. Une vibration à peine perceptible, mais qui fit immédiatement taire toutes les conversations.

"Qu'est-ce que c'était ?" demanda Nerva Opticus, son regard perçant scrutant les murs cristallins comme s'il pouvait voir à travers eux.

Avant que quiconque puisse répondre, un second tremblement, plus prononcé cette fois, secoua la structure. Des filaments lumineux qui parcouraient les parois de la salle vacillèrent brièvement, plongeant momentanément l'assemblée dans une semi-obscurité inquiétante.

"Les Chambres Pulsantes," murmura Aria Pulmonus, son corps ondoyant s'agitant d'une manière qui trahissait son anxiété. "Quelque chose perturbe leur rythme."

Comme pour confirmer cette hypothèse, un Messager du Réseau se matérialisa brusquement au centre de la salle, son expression habituellement sereine remplacée par une urgence manifeste.

"Sages du Conseil," annonça-t-il sans préambule, "Soren Cardius signale une perturbation majeure dans les Chambres Pulsantes. Les variations de rythme s'intensifient rapidement, dépassant les capacités de régulation des systèmes de contrôle."

"Le Protocole ?" demanda immédiatement le Sage Suprême. "Est-il toujours possible de l'activer ?"

"Maître Cardius estime que oui, mais avec un risque accru d'instabilité. Il demande confirmation avant de procéder."

Le Sage Suprême se tourna vers l'assemblée, son corps translucide pulsant plus rapidement, reflétant peut-être sa propre tension intérieure. "Nous devons décider maintenant. Activer le Protocole malgré les risques, ou attendre et tenter de stabiliser d'abord les Chambres."

"Attendre serait une erreur," affirma Throm sans hésitation. "Chaque moment qui passe renforce l'emprise des Graines Noires sur les structures de Colonos. Si nous perdons les Chambres Pulsantes, tout est perdu."

"Mais si le Protocole échoue à cause de l'instabilité," contra Aria, "les conséquences pourraient être catastrophiques. Un Flux Vital surchauffé, incontrôlé, causerait des dommages irréparables à toutes les régions de Colonos."

Un nouveau tremblement, plus violent encore, interrompit le débat. Cette fois, plusieurs des filaments lumineux s'éteignirent complètement, plongeant des sections entières de la salle dans l'obscurité.

"Nous n'avons plus le temps de débattre," décréta le Sage Suprême, sa décision apparemment prise. "Le Protocole sera activé immédiatement. Que tous les habitants de Colonos se préparent aux perturbations qui suivront."

Il se tourna vers le Messager qui attendait toujours au centre de la salle. "Transmettez l'ordre à Soren Cardius. Le Protocole de Purification doit être initié sans délai."

Le Messager s'inclina et disparut aussi rapidement qu'il était apparu, sa conscience se projetant à travers le Réseau Nervalis vers les Chambres Pulsantes.

"Quant aux Frontières Dermiques," poursuivit le Sage Suprême, s'adressant cette fois à Lyra qui se tenait toujours près de l'entrée, "informez le Commandant Leucos qu'il doit maintenir sa position. Quelles que soient les intentions de Morbius, nous ne pouvons pas risquer une brèche dans nos défenses extérieures, surtout pas maintenant."

Lyra acquiesça, mais une lueur dans son regard suggérait qu'elle n'était peut-être pas entièrement convaincue par les décisions du Conseil. Néanmoins, elle quitta la salle sans un mot, sa silhouette élancée disparaissant rapidement dans les couloirs de la Citadelle.

Restés seuls, les Sages échangèrent des regards lourds de sens. La décision avait été prise, le Protocole allait être activé. Mais chacun d'eux semblait conscient que cette action, loin de résoudre définitivement la crise, pourrait n'être que le prélude à des changements bien plus profonds pour Colonos.

"Il y a autre chose que nous devrions discuter," dit soudain Throm, brisant le silence tendu qui s'était installé. "Les Archives Ancestrales mentionnent un phénomène qui accompagne parfois les Cycles de Transformation. Un phénomène appelé 'La Révélation'."

Tous les regards se tournèrent vers le vieux gardien, certains emplis de surprise, d'autres – notamment celui du Sage Suprême – reflétant une compréhension immédiate et inquiète.

"La Révélation ?" répéta Nerva Opticus, son expression trahissant son ignorance de ce terme. "De quoi s'agit-il exactement ?"

Throm hésita, échangeant un regard avec le Sage Suprême comme pour obtenir son autorisation. Recevant un léger hochement de tête, il poursuivit :

"Selon les textes les plus anciens, lors de certains Cycles de Transformation particulièrement intenses, une connexion temporaire peut s'établir entre Colonos et... l'extérieur."

"L'extérieur ?" répéta Aria Pulmonus, perplexe. "Tu veux dire au-delà des Frontières Dermiques ?"

"Au-delà de tout ce que nous connaissons," précisa gravement Throm. "Une réalité plus vaste dont Colonos ne serait qu'une infime partie. Un monde que les textes appellent parfois 'Le Grand Être'."

Un silence stupéfait accueillit cette révélation. Pour la plupart des habitants de Colonos, y compris de nombreux Sages, l'idée même qu'il puisse exister quelque chose au-delà de leur cité-état était un concept étranger, presque inconcevable.

"Ces textes," intervint finalement Nerva, "sont-ils fiables ? Ne pourraient-ils pas être de simples allégories, des métaphores créées par nos ancêtres pour expliquer des phénomènes qu'ils ne comprenaient pas pleinement ?"

"C'est possible," admit Throm. "Mais les descriptions sont remarquablement cohérentes à travers différentes époques. Et certains Sages, au cours de l'histoire de Colonos, ont prétendu avoir... perçu directement cette réalité extérieure pendant de brefs moments."

"Quelle est la pertinence de cette information maintenant ?" demanda Aria, son corps ondoyant trahissant son agitation croissante. "Le Protocole est déjà en cours d'activation."

"La pertinence," répondit Throm, son regard balayant l'assemblée, "est que si Morbius connaît l'existence de La Révélation – et je soupçonne que c'est le cas – alors son intérêt pour les Frontières Dermiques prend un sens nouveau et bien plus inquiétant."

Le Sage Suprême, qui était resté silencieux pendant cet échange, prit enfin la parole, sa voix éthérée empreinte d'une gravité inhabituelle :

"Throm Osseus suggère que Morbius pourrait tenter de provoquer délibérément La Révélation. D'ouvrir une brèche non seulement dans les Frontières physiques de Colonos, mais dans le voile même qui sépare notre réalité de... l'autre."

"Avec quelles conséquences ?" demanda Nerva, exprimant la question qui préoccupait visiblement tous les Sages présents.

"Inconnues," répondit simplement le Sage Suprême. "Les textes qui mentionnent de précédentes Révélations sont... incomplets. Comme si ceux qui les avaient vécues avaient été incapables de les décrire pleinement, ou avaient choisi de ne pas le faire."

Un nouveau tremblement, plus violent que tous les précédents, secoua alors la Citadelle. Cette fois, plusieurs des cristaux d'éclairage se brisèrent, projetant des éclats lumineux à travers la salle. Les filaments qui convergeaient vers la Table des Confluences vacillèrent dangereusement, certains s'éteignant complètement.

"Le Protocole a commencé," annonça le Sage Suprême, son corps translucide reflétant désormais des nuances rougeâtres, signe que le Flux Vital qui circulait dans la Citadelle commençait à chauffer. "Préparez-vous. Les prochaines heures seront... difficiles."

Alors que les Sages se dispersaient, se dirigeant vers leurs quartiers respectifs pour superviser la réponse de leurs régions au Protocole, Throm resta un moment seul avec le Sage Suprême.

"Tu crois qu'il le fera vraiment ?" demanda-t-il à voix basse. "Qu'il tentera de provoquer La Révélation ?"

Le Sage Suprême observa longuement les filaments vacillants qui parcouraient encore les murs de la salle, comme s'il y cherchait une réponse. "Je crois," dit-il finalement, "que Morbius est convaincu d'agir pour le bien de Colonos. Et c'est précisément ce qui le rend si dangereux."

Throm acquiesça sombrement. "Et Mira ? Si elle est avec lui..."

"Alors elle devra faire un choix," compléta le Sage Suprême. "Comme nous tous."

Sur ces paroles énigmatiques, les deux Sages quittèrent la salle, laissant derrière eux la Table des Confluences dont les filaments continuaient de vaciller, comme le pouls incertain d'une cité au bord d'une transformation dont personne ne pouvait prédire l'issue.

Aux Frontières Dermiques du secteur Est, Valen Leucos observait avec une inquiétude croissante le rassemblement des Libérateurs. Depuis son poste d'observation, dissimulé dans l'une des nombreuses tours de guet qui jalonnaient les Frontières, il pouvait voir des centaines de silhouettes transformées converger vers un point précis de la barrière protectrice.

"Ils sont bien plus nombreux que nous le pensions," murmura Thorn, le Lancier qui se tenait à ses côtés. "Et ils continuent d'arriver."

Valen acquiesça silencieusement, son regard scrutant la masse mouvante à la recherche d'une figure particulière. Il ne tarda pas à la repérer : Morbius, reconnaissable à sa silhouette partiellement transformée et à l'aura d'autorité qui semblait l'entourer, dirigeait visiblement l'opération.

"Que préparent-ils ?" demanda Thorn, observant comment les Libérateurs semblaient s'organiser en formation concentrique autour d'un point précis des Frontières.

"Je l'ignore," admit Valen. "Mais quoi que ce soit, nous devons l'empêcher."

Il se tourna vers le capitaine Arios, un vétéran des Sentinelles qui commandait les forces déployées dans ce secteur. "Combien d'hommes avons-nous ?"

"Deux cents Lanciers, cinquante Dévoreurs, et une vingtaine d'Archivistes pour la coordination tactique," répondit promptement Arios. "Suffisant pour tenir la position, mais si nous devons engager directement cette masse..."

Il laissa sa phrase en suspens, mais l'implication était claire. Malgré leur entraînement supérieur et leur discipline, les Sentinelles seraient en nette infériorité numérique face aux Libérateurs rassemblés.

"Nous n'engagerons que si nécessaire," décida Valen. "Pour l'instant, observation et préparation. Le Protocole de Purification devrait bientôt être activé. S'il fonctionne comme prévu, la menace des Libérateurs pourrait se dissiper d'elle-même."

À peine avait-il prononcé ces mots qu'une vibration subtile parcourut les structures de la tour de guet. Une pulsation inhabituelle qui fit momentanément vaciller les cristaux d'éclairage.

"Le Protocole," murmura Arios, reconnaissant les signes. "Il commence."

Valen hocha la tête, sentant un mélange de soulagement et d'appréhension. Le Protocole de Purification était une mesure extrême, avec ses propres risques et conséquences. Mais face à la menace des Graines Noires, c'était leur meilleure option – peut-être leur seule option.

"Commandant !" appela soudain l'un des Lanciers postés à l'autre extrémité de la tour. "Un mouvement étrange parmi les Libérateurs !"

Valen se précipita vers la position du Lancier, scrutant la direction indiquée. En effet, les Libérateurs semblaient réagir au début du Protocole. Leur formation, jusqu'alors statique, s'était mise en mouvement, les cercles concentriques commençant à tourner lentement autour du point central, comme dans une danse rituelle complexe.

"Ils sentent le Protocole," dit Valen, comprenant soudain. "Ils savent qu'ils n'ont plus beaucoup de temps."

"Pour faire quoi exactement ?" demanda Thorn, perplexe.

Avant que Valen ne puisse répondre, une lueur argentée traversa l'air, se matérialisant en la forme élancée de Lyra Nervalis. La Messagère semblait essoufflée, comme si elle avait forcé les limites de sa vitesse à travers le Réseau Nervalis.

"Commandant Leucos," dit-elle sans préambule. "Le Conseil m'envoie vous informer que Mira Hémata a disparu de la Citadelle. On craint qu'elle n'ait rejoint les Libérateurs."

Cette nouvelle frappa Valen comme un coup physique. Mira, parmi les Libérateurs ? La Mage-Réparatrice avec qui il avait collaboré pendant des cycles, en qui il avait confiance malgré leurs désaccords récents ?

"Impossible," murmura-t-il, plus pour lui-même que pour Lyra. "Elle ne trahirait pas Colonos."

"Le Conseil ne parle pas de trahison," précisa Lyra, "mais de curiosité scientifique poussée à l'extrême. Mira a toujours été... déterminée dans sa quête de connaissance."

Valen ne pouvait nier cette vérité. Mira avait toujours privilégié la compréhension à l'action, l'exploration à la préservation. Sa fascination pour les Graines Noires, son insistance à les étudier plutôt qu'à les détruire immédiatement... tout cela prenait soudain un sens nouveau et inquiétant.

"Est-elle là-bas ?" demanda-t-il, désignant le rassemblement des Libérateurs. "Parmi eux ?"

Lyra suivit son regard, scrutant la masse mouvante avec une intensité qui suggérait qu'elle utilisait plus que sa simple vision. "Je ne peux pas le confirmer avec certitude," dit-elle finalement. "Mais je sens... quelque chose. Une présence qui n'est pas tout à fait comme les autres."

Valen serra les poings, un conflit intérieur faisant rage en lui. Son devoir était clair : empêcher les Libérateurs de mener à bien leur plan, quel qu'il soit. Mais si Mira était parmi eux, s'il y avait ne serait-ce qu'une chance qu'elle soit là...

"Le Conseil vous ordonne de maintenir votre position," poursuivit Lyra, comme si elle lisait ses pensées. "Quelles que soient les intentions de Morbius, les Frontières doivent être protégées, surtout maintenant que le Protocole est en cours."

Valen acquiesça mécaniquement, son esprit toujours préoccupé par la possibilité que Mira soit en danger – ou pire, qu'elle ait volontairement choisi de s'allier à ceux qu'il considérait comme des ennemis de Colonos.

Un nouveau tremblement, plus prononcé que le précédent, secoua la tour de guet. Cette fois, la vibration s'accompagna d'une sensation de chaleur croissante, signe que le Flux Vital commençait à chauffer sous l'effet du Protocole.

"Ça s'intensifie," remarqua Arios, son regard se portant brièvement vers les Canaux Écarlates visibles au loin, dont la lueur rougeoyante semblait s'intensifier progressivement.

Valen reporta son attention sur les Libérateurs. Leur danse rituelle s'accélérait, les cercles concentriques tournant maintenant à une vitesse impressionnante. Au centre, une lueur sombre commençait à se former, comme un point de pure obscurité qui contrastait violemment avec la luminosité ambiante de Colonos.

"Qu'est-ce que c'est que ça ?" murmura Thorn, son expression trahissant un mélange de fascination et d'horreur.

"Je ne sais pas," admit Valen. "Mais nous ne pouvons pas les laisser continuer."

Il se tourna vers Arios, sa décision prise. "Préparez les Sentinelles pour l'engagement. Nous allons interrompre quoi que ce soit qu'ils tentent de faire."

Arios hocha la tête et s'éloigna rapidement pour transmettre les ordres, laissant Valen seul avec Lyra.

"Le Conseil a ordonné de maintenir la position," rappela doucement la Messagère. "Pas d'engager le combat."

"Le Conseil n'est pas ici," répliqua Valen, son ton plus dur qu'il ne l'aurait voulu. "Ils ne voient pas ce que nous voyons. Si nous attendons trop longtemps..."

Il s'interrompit, son attention attirée par un mouvement à la périphérie du rassemblement des Libérateurs. Une silhouette qui se déplaçait différemment des autres, avec une grâce et une détermination qu'il aurait reconnues entre mille.

"Mira," murmura-t-il, son cœur se serrant douloureusement.

C'était bien elle. La Mage-Réparatrice se tenait à l'écart de la formation principale, observant la scène avec une intensité qui, même à cette distance, était parfaitement lisible sur son visage. Elle ne participait pas activement au rituel, mais elle ne faisait rien non plus pour l'empêcher.

"Elle est là pour observer, pas pour participer," dit Lyra, suivant son regard. "Pour comprendre."

"Comprendre quoi ?" demanda Valen, une note de désespoir dans sa voix. "Que peut-il y avoir à comprendre dans cette... corruption ?"

Lyra resta silencieuse un moment, comme si elle pesait soigneusement sa réponse. "Peut-être que ce n'est pas une corruption, Valen," dit-elle finalement. "Peut-être que c'est une transformation. Une évolution."

Valen se tourna vivement vers elle, stupéfait par ces paroles qui faisaient écho à celles de Mira, à celles de Morbius lui-même. "Tu parles comme eux maintenant ?"

"Je parle comme quelqu'un qui a vu les signes," répondit calmement Lyra. "Les Messagers du Réseau perçoivent des choses que d'autres ne peuvent pas. Des vibrations, des échos... des indices d'une réalité plus vaste que celle que nous connaissons."

Elle s'approcha, baissant la voix bien qu'ils fussent seuls dans cette section de la tour. "Il y a des passages dans le Réseau, Valen. Des tunnels anciens qui ne correspondent à aucune carte officielle de Colonos. Des voies qui semblent mener... ailleurs."

"Ailleurs ?" répéta Valen, perplexe. "Où ça, ailleurs ? Il n'y a rien au-delà de Colonos."

"En es-tu si sûr ?" demanda doucement Lyra. "N'as-tu jamais ressenti, au plus profond de toi-même, que notre monde pourrait être plus vaste, plus complexe que ce que le Conseil nous a toujours enseigné ?"

Valen voulut nier, affirmer sa conviction absolue dans les enseignements traditionnels sur la nature de Colonos. Mais quelque chose l'en empêcha. Un doute, infime mais persistant, qui l'avait accompagné tout au long de sa carrière de Sentinelle. Une question qu'il n'avait jamais osé formuler explicitement, même à lui-même.

Pourquoi ? Pourquoi Colonos existait-elle ? Quel était son but ultime, au-delà de la simple perpétuation de son existence ?

"Regarde," dit soudain Lyra, pointant vers le rassemblement des Libérateurs.

La danse rituelle avait atteint son apogée. Les cercles concentriques tournaient maintenant si rapidement qu'ils formaient presque un flou continu. La lueur sombre au centre s'était intensifiée, s'élargissant jusqu'à former une sorte de vortex qui semblait absorber la lumière environnante.

Et au bord de ce vortex se tenait désormais Morbius, ses bras déformés levés comme en invocation. Sa voix, amplifiée par quelque pouvoir inconnu, résonnait jusqu'à la tour de guet :

"Habitants de Colonos ! L'heure de la Révélation est venue ! Trop longtemps nous avons vécu dans l'ignorance de notre véritable nature, de notre véritable potentiel ! Aujourd'hui, les voiles tombent ! Aujourd'hui, nous voyons enfin la vérité !"

Sur ces mots, il plongea ses mains dans le vortex sombre. Un cri collectif s'éleva des rangs des Libérateurs, mi-douleur, mi-extase. Le vortex pulsa violemment, s'élargissant encore, et soudain...

Une déchirure. Il n'y avait pas d'autre mot pour décrire ce qui se produisit. Comme si la réalité elle-même se fendait, révélant quelque chose au-delà – quelque chose d'immense, d'incompréhensible selon les standards habituels de Colonos.

Valen sentit son souffle se couper. Car à travers cette déchirure, il aperçut... des formes. Des structures colossales qui se mouvaient avec une fluidité étrange. Des couleurs qu'il n'avait jamais vues auparavant, pour lesquelles il n'avait pas même de nom. Et une sensation écrasante de présence, comme si un être d'une taille et d'une conscience inimaginables venait soudain de porter son attention sur Colonos.

"Le Grand Être," murmura Lyra à ses côtés, sa voix empreinte d'une révérence mêlée de terreur. "C'est réel. Tout est réel."

Valen ne pouvait détacher son regard de la déchirure. Une part de lui voulait nier ce qu'il voyait, le rejeter comme une illusion, un tour joué par les Libérateurs. Mais une autre part, plus profonde, reconnaissait la vérité avec une certitude absolue.

Colonos n'était pas tout ce qui existait. Ils vivaient dans un monde plus vaste, plus complexe qu'ils ne l'avaient jamais imaginé. Un monde où Colonos n'était qu'une composante d'un système vivant infiniment plus grand.

"Commandant !" La voix d'Arios le tira brutalement de sa contemplation stupéfaite. "Les Sentinelles sont en position ! Attendons-nous toujours vos ordres d'engagement ?"

Valen cligna des yeux, momentanément désorienté. Les Sentinelles. L'engagement. Son devoir.

Mais quel était son devoir maintenant ? Protéger Colonos, oui – mais de quoi exactement ? Si ce que Morbius révélait était la vérité, si cette "Révélation" n'était pas une corruption mais une évolution nécessaire...

"Commandant ?" insista Arios, son expression trahissant son inquiétude face à l'hésitation inhabituelle de son supérieur.

Valen ouvrit la bouche pour répondre, mais avant qu'il ne puisse prononcer un mot, un nouveau tremblement, d'une violence sans précédent, secoua la tour de guet. Cette fois, ce n'était pas simplement une vibration – c'était comme si les fondations mêmes de Colonos étaient ébranlées.

"Le Protocole !" s'exclama Lyra, son corps s'illuminant brièvement comme en réponse à une impulsion traversant le Réseau Nervalis. "Quelque chose ne va pas ! Le Flux Vital... il surchauffe trop rapidement !"

Comme pour confirmer ses paroles, les Canaux Écarlates visibles au loin prirent soudain une teinte d'un rouge presque blanc, signe que le Flux Vital atteignait des températures dangereusement élevées.

"Les Chambres Pulsantes perdent le contrôle," poursuivit Lyra, son expression reflétant la terreur pure. "Si le Flux continue de chauffer à ce rythme..."

Elle n'eut pas besoin de finir sa phrase. Tous comprenaient l'implication. Un Flux Vital surchauffé, propulsé à travers les Canaux de Colonos sans contrôle précis, causerait des dommages catastrophiques à toutes les régions de la cité.

"Et la déchirure ?" demanda Valen, son regard revenant vers le phénomène créé par les Libérateurs. "Qu'est-ce que ça signifie pour le Protocole ?"

"Je l'ignore," admit Lyra. "Mais les deux événements semblent... interagir d'une manière que je ne comprends pas pleinement."

En effet, la déchirure pulsait maintenant en synchronisation avec les vagues de chaleur qui traversaient Colonos. Chaque fois que le Flux Vital atteignait un nouveau pic de température, la déchirure s'élargissait légèrement, révélant davantage de ce monde extérieur incompréhensible.

Et au centre de tout cela, Morbius restait immobile, ses bras toujours plongés dans le vortex, son corps parcouru de tremblements qui suggéraient qu'il endurait une douleur intense pour maintenir la connexion.

"Nous devons faire quelque chose," décida finalement Valen. "Mais pas ce que j'avais prévu."

Il se tourna vers Arios. "Annulez l'ordre d'engagement. À la place, déployez les Sentinelles en formation défensive autour des Frontières. Personne n'entre, personne ne sort – mais n'interférez pas avec ce que font les Libérateurs."

Arios parut stupéfait. "Commandant ? Vous êtes sûr ?"

"C'est un ordre, Capitaine," répondit fermement Valen. Puis, voyant l'hésitation persistante d'Arios, il ajouta plus doucement : "Je comprends votre confusion. Mais nous faisons face à quelque chose que ni vous ni moi ne comprenons pleinement. Agir précipitamment pourrait aggraver la situation."

Arios acquiesça finalement, s'inclinant légèrement avant de s'éloigner pour transmettre ces nouveaux ordres. Valen se tourna ensuite vers Lyra.

"Je dois parler à Mira," dit-il, sa décision prise. "Elle comprend peut-être mieux que quiconque ce qui se passe réellement."

"C'est dangereux," avertit Lyra. "Les Libérateurs pourraient te voir comme une menace."

"C'est un risque que je dois prendre," répondit simplement Valen. "Si nous sommes vraiment à un point de bascule pour Colonos, je dois comprendre avant d'agir. Et Mira... Mira a toujours eu cette capacité à voir au-delà des apparences, à percevoir des vérités que d'autres ignorent."

Lyra l'observa un long moment, comme si elle évaluait sa détermination. Puis, avec un léger sourire, elle hocha la tête. "Je peux t'aider à l'approcher sans déclencher d'hostilités immédiates. Suis-moi."

Alors qu'ils quittaient la tour de guet, se dirigeant vers les escaliers qui les mèneraient au niveau des Frontières, Valen jeta un dernier regard vers la déchirure pulsante et le monde étrange qu'elle révélait. Quoi qu'il arrive dans les prochaines heures, il savait que sa vision de Colonos – et peut-être celle de tous ses habitants – ne serait plus jamais la même.

Car la Révélation avait commencé, et avec elle, peut-être, une nouvelle ère pour leur cité vivante.

CHAPITRE 5 :

LES LIANES OMBRAGEES

La chaleur était devenue insupportable. Dans toutes les régions de Colonos, le Flux Vital surchauffé par le Protocole de Purification parcourait les Canaux Écarlates comme de la lave en fusion, causant des dommages structurels partout où les parois n'avaient pas été suffisamment renforcées.

Dans les Chambres Pulsantes, Soren Cardius et ses Régulateurs luttaient désespérément pour maintenir un semblant de contrôle sur le processus. Leurs corps luisaient de sueur, leurs mains s'agitaient frénétiquement sur les valves cristallines qui régulaient le débit et la température du Flux.

"Les circuits de dérivation du secteur Nord ont cédé !" cria Pax par-dessus le grondement assourdissant des Chambres. "Le Flux se déverse directement dans les Canaux Secondaires sans régulation !"

Soren serra les dents, son esprit calculant rapidement les implications de cette défaillance. Les Canaux Secondaires n'étaient pas conçus pour supporter un Flux aussi puissant et chauffé. Des ruptures étaient inévitables, avec des conséquences potentiellement catastrophiques pour les régions environnantes.

"Redirigez le surplus vers les Cavernes Pulmonaires !" ordonna-t-il. "Elles sont conçues pour gérer des variations extrêmes de température."

Mais même alors qu'il donnait cet ordre, Soren savait qu'il ne faisait que gagner du temps. Le Protocole de Purification avait échappé à leur contrôle, devenant une tempête de feu qui menaçait de consumer Colonos de l'intérieur.

Et le pire, c'est qu'il n'était même pas certain que cette destruction servait son but initial. Les rapports fragmentaires qui lui parvenaient suggéraient que de nombreuses Graines Noires survivaient au Protocole, s'adaptant à la chaleur extrême d'une manière que personne n'avait anticipée.

"Maître Cardius !" Un Messager du Réseau se matérialisa à ses côtés, son corps semi-transparent vacillant sous l'effet de la chaleur ambiante. "Le Conseil demande un rapport de situation immédiat !"

Soren eut un rire amer. "Dites au Conseil que la situation est catastrophique. Le Protocole est hors de contrôle. Nous ne pouvons plus réguler ni la température ni le débit du Flux. À ce rythme, des régions entières de Colonos seront gravement endommagées, peut-être irrémédiablement."

Le Messager pâlit visiblement. "Et... y a-t-il un moyen d'arrêter le processus ?"

Soren hésita. Théoriquement, il existait une procédure d'urgence pour interrompre le Protocole – mais elle n'avait jamais été testée, et les risques étaient presque aussi grands que de laisser le Protocole suivre son cours destructeur.

"Il y a une possibilité," dit-il finalement. "Mais j'aurais besoin de l'aide des Mages-Réparateurs pour l'implémenter. Leur capacité à manipuler directement les flux d'énergie pourrait nous permettre de créer un contre-courant suffisamment puissant pour neutraliser la surchauffe."

"La Mage Hémata est absente," rappela le Messager. "Et les autres Mages-Réparateurs sont dispersés à travers Colonos, tentant de contenir les dommages locaux."

Soren ferma brièvement les yeux, sentant le poids écrasant de la responsabilité. Il avait averti le Conseil des risques d'une mise en œuvre précipitée du Protocole. Mais face à la menace des Graines Noires, ses préoccupations avaient été balayées.

Et maintenant, ils en payaient tous le prix.

"Dites au Conseil que nous continuons à faire de notre mieux," dit-il finalement. "Mais qu'ils devraient se préparer au pire."

Alors que le Messager disparaissait pour transmettre ces nouvelles peu encourageantes, Soren se tourna vers les immenses valves principales qui dominaient le centre des Chambres Pulsantes. Elles vibraient violemment sous la pression du Flux surchauffé, leurs jointures commençant à se fissurer malgré les renforts cristallins.

Si ces valves cédaient, ce serait la fin. Le cœur même de Colonos exploserait sous la pression, envoyant des vagues de Flux brûlant dans toutes les directions.

"Évacuez les niveaux inférieurs," ordonna-t-il à Pax. "Ne gardez que les Régulateurs essentiels. Si les valves principales lâchent..."

Il n'eut pas besoin de finir sa phrase. Pax hocha gravement la tête et s'éloigna pour organiser l'évacuation, laissant Soren seul face aux battements de plus en plus erratiques du cœur mourant de Colonos.

Aux Frontières Dermiques du secteur Est, la situation n'était guère meilleure. La déchirure créée par les Libérateurs continuait de s'élargir, révélant toujours plus de ce monde extérieur incompréhensible. Mais ce qui avait commencé comme une révélation contrôlée semblait maintenant échapper à la maîtrise de Morbius lui-même.

Des vagues d'énergie étrange pulsaient à travers l'ouverture, interagissant de manière imprévisible avec le Flux Vital surchauffé qui parcourait Colonos. Là où ces énergies se rencontraient, des phénomènes bizarres se produisaient : des distorsions spatiales, des accélérations temporelles localisées, des inversions de polarité énergétique.

Et au milieu de ce chaos croissant, Valen Leucos et Lyra Nervalis progressaient prudemment vers la position où ils avaient aperçu Mira Hémata.

"La situation se dégrade rapidement," murmura Lyra, son corps semi-matérialisé vacillant sous l'effet des perturbations énergétiques. "Le Protocole et la Révélation... ils n'étaient pas censés se produire simultanément. Leurs énergies sont incompatibles."

Valen acquiesça sombrement. Même sans formation scientifique avancée, il pouvait voir que les deux phénomènes s'amplifiaient mutuellement d'une manière dangereuse. Chaque vague de chaleur générée par le Protocole semblait provoquer une expansion de la déchirure, qui à son tour libérait plus d'énergie étrange dans Colonos, perturbant davantage le Flux Vital.

Un cycle de rétroaction positive qui ne pouvait mener qu'à la catastrophe.

"Là !" s'exclama soudain Lyra, pointant vers une formation rocheuse qui offrait un point d'observation sur la déchirure. "C'est Mira !"

En effet, la Mage-Réparatrice se tenait là, accompagnée d'une Libératrice élancée que Valen reconnut comme étant Nécra, l'une des plus proches lieutenantes de Morbius. Les deux femmes semblaient engagées dans une discussion intense, Mira gesticulant vers la déchirure avec une expression qui mêlait fascination et alarme.

"Comment l'approchons-nous sans alerter les Libérateurs ?" demanda Valen, notant que plusieurs créatures transformées patrouillaient dans les environs.

"Laisse-moi faire," répondit Lyra. Elle ferma les yeux, se concentrant intensément, puis son corps s'illumina brièvement. "J'ai envoyé une impulsion directement à l'esprit de Mira à travers le Réseau. Elle sait que nous sommes là et que nous voulons lui parler."

Valen haussa un sourcil, impressionné malgré lui par cette démonstration des capacités avancées des Messagers. "Et maintenant ?"

"Maintenant, nous attendons. Si elle veut nous rencontrer, elle trouvera un moyen de s'éloigner de Nécra."

Ils n'eurent pas à attendre longtemps. Après quelques minutes de discussion supplémentaire avec la Libératrice, Mira fit un geste vers un point plus éloigné de la déchirure, comme si elle souhaitait examiner quelque chose sous un angle différent. Nécra sembla hésiter, puis acquiesça, laissant la Mage-Réparatrice s'éloigner seule.

Dès que Mira fut hors de vue de la Libératrice, Lyra guida Valen à travers un passage étroit entre deux formations rocheuses, les amenant directement sur le chemin de la Mage-Réparatrice.

La rencontre fut brève mais intense. Mira s'arrêta net en les voyant, son expression passant de la surprise à une détermination calme.

"Valen," dit-elle simplement. "Je me demandais si tu viendrais."

"Mira," répondit-il, luttant pour maintenir un ton neutre malgré le tumulte d'émotions qui l'agitait. "Qu'est-ce que tu fais ici ? Avec eux ?"

"Ce que j'ai toujours fait, Valen. Chercher la vérité." Elle désigna la déchirure pulsante visible au loin. "Et cette vérité est plus extraordinaire que tout ce que j'aurais pu imaginer."

"C'est dangereux," insista Valen. "Regarde ce qui se passe ! Le Protocole de Purification est hors de contrôle, et cette... déchirure ne fait qu'aggraver la situation."

"Je sais," admit Mira, son expression s'assombrissant. "Les deux phénomènes n'étaient pas censés se produire simultanément. Morbius voulait ouvrir la déchirure progressivement, de manière contrôlée. Et le Conseil aurait dû attendre que les Chambres Pulsantes soient pleinement stabilisées avant d'activer le Protocole."

"Alors aide-nous à arrêter tout ça," plaida Valen. "Avant que Colonos ne soit détruite."

Mira secoua lentement la tête. "Ce n'est pas si simple, Valen. Nous ne pouvons pas simplement 'arrêter' ce qui a été mis en mouvement. La déchirure est instable, oui, mais la refermer brutalement pourrait causer autant de dommages que de la laisser s'élargir. Et quant au Protocole... une fois lancé, il suit son cours jusqu'à sa conclusion naturelle."

"Alors quoi ?" demanda Valen, frustré. "Nous restons là à regarder Colonos brûler ?"

"Non," répondit fermement Mira. "Nous adaptons. Nous évoluons. Nous trouvons un moyen de transformer cette crise en opportunité."

Elle s'approcha, baissant la voix bien que personne d'autre ne fût à portée d'oreille. "Valen, ce que la déchirure révèle est réel. Colonos n'est pas tout ce qui existe. Nous sommes une partie d'un tout bien plus vaste – un composant d'un système vivant si immense que nous pouvons à peine le concevoir."

"Le Grand Être," murmura Lyra, s'attirant un regard surpris de Mira.

"Tu connais ce terme ?"

"Les Messagers ont leurs propres sources de connaissance," répondit simplement Lyra. "Et certains d'entre nous ont... perçu des échos de cette réalité extérieure depuis longtemps."

Mira hocha la tête, comme si cette révélation confirmait quelque chose qu'elle avait déjà soupçonné. "Alors tu comprends l'importance de ce moment. Ce n'est pas simplement une crise à surmonter – c'est une transformation fondamentale de notre compréhension de nous-mêmes et de notre monde."

"Mais à quel prix ?" demanda Valen, désignant les signes visibles de destruction qui commençaient à apparaître à travers Colonos. Des fissures se formaient dans les structures autrefois solides, des Canaux Secondaires éclataient sous la pression du Flux surchauffé, libérant des geysers d'énergie brûlante.

"Le changement a toujours un coût," répondit gravement Mira. "Mais l'immobilité aussi. Si nous n'évoluons pas, si nous ne nous adaptons pas aux besoins changeants du Grand Être dont nous faisons partie, nous risquons l'extinction."

Elle posa une main sur le bras de Valen, son toucher étonnamment apaisant malgré la chaleur ambiante. "Je ne te demande pas d'abandonner ton devoir de protéger Colonos. Je te demande simplement de reconsidérer ce que signifie vraiment cette protection. Parfois, préserver l'essentiel nécessite d'accepter la transformation de la forme."

Valen resta silencieux, méditant sur ces paroles. Toute sa vie, il avait défini son devoir en termes simples : maintenir l'ordre, éliminer les menaces, préserver le statu quo. Mais si ce statu quo lui-même était devenu obsolète ? Si l'évolution était non seulement inévitable, mais nécessaire ?

Un cri soudain interrompit ses réflexions. Nécra apparut au sommet d'une formation rocheuse proche, son corps élancé tendu comme un arc.

"Mage-Réparatrice !" appela-t-elle. "Morbius a besoin de toi immédiatement ! La déchirure devient instable !"

Mira se tourna vers Valen et Lyra, son expression à la fois déterminée et suppliante. "Venez avec moi. Tous les deux. Vos compétences pourraient être cruciales dans les heures à venir."

"Tu me demandes de rejoindre les Libérateurs ?" demanda Valen, incrédule.

"Je te demande de mettre de côté les étiquettes et les allégeances pour le bien de Colonos tout entière," corrigea Mira. "Ce n'est plus une question de Sentinelles contre Libérateurs, d'ordre contre chaos. C'est une question de survie et d'évolution."

Valen échangea un regard avec Lyra, cherchant peut-être une confirmation ou un conseil. La Messagère hocha simplement la tête, son expression suggérant qu'elle avait déjà fait son choix.

"Très bien," décida finalement Valen. "Mais mes Sentinelles restent en position. Si la situation dégénère complètement..."

"Espérons que nous n'en arriverons pas là," dit Mira avec un faible sourire. Puis, se tournant vers Nécra qui les observait avec méfiance : "Ils viennent avec moi. Morbius comprendra."

La Libératrice hésita, puis acquiesça sèchement. "Suivez-moi. Et ne tentez rien de stupide, Commandant. Nos priorités ont peut-être changé, mais nous restons capables de nous défendre si nécessaire."

Alors qu'ils suivaient Nécra vers le cœur du phénomène, Valen ne put s'empêcher de remarquer comment la déchirure avait évolué depuis sa première observation. Ce qui avait commencé comme une simple fente dans la réalité était maintenant un vortex pulsant de plusieurs mètres de diamètre, à travers lequel on apercevait des structures colossales en mouvement.

Et au centre de ce vortex se tenait Morbius, son corps partiellement transformé maintenant presque entièrement englouti par l'énergie étrange qui émanait de la déchirure. Ses bras étaient tendus de part et d'autre, comme s'il tentait physiquement de stabiliser les bords du phénomène.

"Il ne pourra pas tenir beaucoup plus longtemps," murmura Nécra alors qu'ils approchaient. "L'énergie qui traverse la déchirure... elle est trop puissante, trop étrangère même pour lui."

"Que veut-il que je fasse exactement ?" demanda Mira, observant avec une fascination mêlée d'appréhension les vagues d'énergie qui pulsaient à travers l'ouverture.

"Stabiliser la déchirure," répondit Nécra. "Créer un équilibre entre notre réalité et... l'autre. Tes capacités de Mage-Réparatrice, ta compréhension des flux d'énergie... Morbius pense que tu pourrais réussir là où nos méthodes échouent."

Ils atteignirent finalement le périmètre immédiat de la déchirure, où plusieurs Libérateurs formaient un cercle protecteur autour de Morbius. Leur leader semblait dans un état critique, son corps tremblant sous l'effort colossal qu'il fournissait pour maintenir la déchirure ouverte sans qu'elle ne s'élargisse davantage.

"Mira... Hémata..." Sa voix était à peine audible par-dessus le grondement de l'énergie qui s'échappait du vortex. "Tu es... venue."

"Je suis là," confirma Mira, s'approchant aussi près que la chaleur intense le permettait. "Dis-moi ce que je dois faire."

"La déchirure... instable," articula péniblement Morbius. "Protocole... aggrave... situation. Besoin... équilibrer... les flux."

Mira hocha la tête, comprenant immédiatement ce qu'il demandait. En tant que Mage-Réparatrice, sa spécialité était précisément la manipulation et l'équilibrage des flux d'énergie qui parcouraient Colonos.

Mais ce qu'elle s'apprêtait à tenter allait bien au-delà de tout ce qu'elle avait jamais pratiqué. Il ne s'agissait pas simplement d'harmoniser des courants de Flux Vital, mais de créer une interface stable entre deux réalités fondamentalement différentes.

"J'aurai besoin d'aide," dit-elle, se tournant vers Valen et Lyra. "Valen, ta connexion avec les Sentinelles pourrait nous fournir l'ancrage dont nous avons besoin dans notre réalité. Et Lyra, ta capacité à voyager à travers le Réseau Nervalis pourrait nous permettre de coordonner nos efforts à l'échelle de Colonos tout entière."

Les deux acquiescèrent, mettant de côté leurs doutes et leurs réserves face à l'urgence de la situation.

"Que devons-nous faire ?" demanda Valen, son pragmatisme de Sentinelle reprenant le dessus.

"Forme un lien avec tes Sentinelles," instruisit Mira. "Demande-leur de se positionner aux points nodaux majeurs de Colonos – les intersections où les Canaux Principaux se croisent. Leur présence synchronisée créera un réseau de stabilité que je pourrai utiliser comme fondation."

Valen hocha la tête et s'éloigna légèrement pour transmettre ces ordres à ses troupes via un Filament Argenté proche.

"Lyra," poursuivit Mira, "j'ai besoin que tu contactes tous les Mages-Réparateurs encore actifs à travers Colonos. Dis-leur de se concentrer sur la modération du Flux Vital, pas sur la réparation des dommages.

Nous devons réduire la température globale du Flux pour diminuer son interaction avec l'énergie de la déchirure."

La Messagère acquiesça et se dissipa presque instantanément, sa conscience se projetant à travers le Réseau Nervalis pour exécuter cette mission cruciale.

Restée seule avec Morbius et les Libérateurs, Mira prit une profonde inspiration, se préparant mentalement à la tâche titanesque qui l'attendait. Elle sortit de sa sacoche quelques cristaux spécialisés qu'elle avait emportés de son laboratoire – des amplificateurs d'énergie conçus pour canaliser et diriger le Flux Vital.

"Je vais avoir besoin que tu me guides," dit-elle à Morbius. "Tu as été le premier à percevoir le Grand Être, le premier à comprendre la véritable nature de Colonos. Ta connexion avec la déchirure est plus profonde que la mienne."

Morbius hocha faiblement la tête, son œil unique brillant d'une reconnaissance silencieuse pour cette marque de respect.

Mira disposa ses cristaux en formation autour d'elle, créant un motif complexe qui reflétait les principales régions de Colonos. Puis, fermant les yeux, elle commença à canaliser son énergie, établissant une connexion avec le Flux Vital qui parcourait la cité.

Ce qu'elle perçut la fit chanceler. Le Flux était dans un état catastrophique, surchauffé et chaotique, causant des dommages structurels partout où il passait. Le Protocole de Purification, conçu pour éliminer les influences étrangères, était devenu une tempête de feu incontrôlable.

Mais plus troublant encore était la façon dont ce Flux perturbé interagissait avec l'énergie étrange qui émanait de la déchirure. Là où les deux se rencontraient, des anomalies se formaient – des poches de réalité altérée où les lois habituelles de Colonos semblaient suspendues.

Et ces anomalies se propageaient, s'étendant comme... comme des lianes. Des Lianes Ombragées qui s'enroulaient autour des structures fondamentales de Colonos, les transformant d'une manière que Mira ne parvenait pas entièrement à comprendre.

"Les Lianes Ombragées," murmura-t-elle, ouvrant brusquement les yeux. "C'est ainsi que la transformation se propage."

Morbius acquiesça faiblement, confirmant sa compréhension. "Pas... destruction," articula-t-il péniblement. "Évolution... guidée."

Mira comprit soudain. Les Graines Noires, les Libérateurs, la déchirure elle-même – tout faisait partie d'un processus plus vaste. Une transformation planifiée de Colonos, peut-être même programmée dans sa structure depuis sa création.

Mais le Protocole de Purification interférait avec ce processus, créant un conflit énergétique qui menaçait de déchirer Colonos de l'intérieur.

"Nous devons harmoniser les deux," décida-t-elle. "Pas combattre le Protocole, mais le rediriger. L'intégrer au processus de transformation plutôt que de le laisser s'y opposer."

Elle se tourna vers Valen qui revenait après avoir transmis ses ordres. "Tes Sentinelles sont en position ?"

"Presque," répondit-il. "Certaines régions sont difficiles d'accès à cause des dommages causés par le Protocole. Mais nous faisons de notre mieux."

"Bien. Quand elles seront toutes en place, je veux que tu leur demandes de faire quelque chose d'inhabituel. Au lieu de combattre les manifestations des Graines Noires qu'elles pourraient rencontrer, je veux qu'elles... les canalisent. Qu'elles utilisent leur énergie purificatrice pour guider la transformation plutôt que pour tenter de l'éliminer."

Valen fronça les sourcils, visiblement troublé par cette instruction qui allait à l'encontre de tout ce pour quoi les Sentinelles avaient été formées. "Tu me demandes de transformer mes guerriers en... quoi ? Des catalyseurs pour cette corruption ?"

"Pas une corruption, Valen," corrigea patiemment Mira. "Une évolution. Et oui, c'est exactement ce que je te demande. C'est notre meilleure chance de sauver Colonos – pas en résistant au changement, mais en le guidant vers une forme qui préserve l'essentiel tout en permettant l'adaptation nécessaire."

Valen hésita, son regard passant de Mira à la déchirure pulsante, puis aux signes visibles de destruction qui se multipliaient à travers Colonos. Finalement, avec un soupir résigné, il hocha la tête.

"Je transmettrai tes instructions. Mais je ne peux pas garantir que toutes les Sentinelles les suivront. Certaines sont... profondément attachées à leur vision traditionnelle du devoir."

"Celles qui comprennent suffiront," assura Mira. "Nous n'avons pas besoin d'unanimité, juste d'une masse critique."

À ce moment, Lyra se rematérialisa à leurs côtés, son expression reflétant à la fois l'urgence et un certain optimisme. "Message transmis. La plupart des Mages-Réparateurs répondent positivement. Ils commencent déjà à modérer le Flux Vital dans leurs régions respectives."

"Excellent," dit Mira. "Maintenant, nous devons coordonner nos efforts. Quand je donnerai le signal, je veux que vous canalisiez toute votre énergie vers moi. Je servirai de point focal, d'interface entre notre réalité et celle du Grand Être."

Elle se tourna vers Morbius, qui maintenait toujours la déchirure ouverte au prix d'un effort visiblement épuisant. "Et toi, tu devras lâcher prise. Pas brutalement, mais progressivement. Me laisser prendre le relais."

Morbius la fixa de son œil unique, comme s'il évaluait sa détermination et sa capacité à assumer cette responsabilité colossale. Puis, lentement, il acquiesça.

"Préparez-vous," dit Mira, reprenant position au centre de sa formation de cristaux. "Ce que nous nous apprêtons à faire n'a probablement jamais été tenté dans toute l'histoire de Colonos. Nous allons créer un pont stable entre deux réalités, permettre une communication consciente entre Colonos et le Grand Être dont nous faisons partie."

Elle ferma les yeux, se concentrant intensément sur les flux d'énergie qui convergeaient vers elle. Le Flux Vital de Colonos, chauffé par le Protocole mais progressivement modéré par les efforts des Mages-Réparateurs. L'énergie étrange qui émanait de la déchirure, porteuse d'une conscience vaste et alien. Et entre les deux, les Lianes Ombragées qui se propageaient, transformant les structures qu'elles touchaient selon un schéma que Mira commençait tout juste à discerner.

"Maintenant !" cria-t-elle, ouvrant grand ses bras pour accueillir les énergies convergentes.

Ce qui suivit défie toute description simple. Valen, Lyra, les Sentinelles dispersées à travers Colonos, les Mages-Réparateurs, tous canalisèrent leur énergie vers Mira. Simultanément, Morbius commença à se retirer de la déchirure, transférant progressivement son contrôle à la Mage-Réparatrice.

Pendant un instant terrible, il sembla que tout allait échouer. La déchirure vacilla dangereusement, s'élargissant par à-coups alors que les énergies luttaient pour trouver un nouvel équilibre. Des vagues de chaleur intense balayèrent les Frontières, faisant fondre la roche et vaporisant les structures organiques moins résistantes.

Puis, lentement, presque imperceptiblement au début, un nouvel ordre commença à émerger du chaos. Les cristaux disposés par Mira s'illuminèrent d'une lueur qui n'était ni tout à fait celle du Flux Vital, ni entièrement celle de l'énergie étrangère, mais quelque chose de nouveau – une synthèse harmonieuse des deux.

La déchirure cessa de s'élargir, ses bords se stabilisant en une forme parfaitement circulaire. À travers cette ouverture désormais stable, les structures colossales du monde extérieur étaient plus clairement visibles – et avec elles, une sensation écrasante de présence consciente.

Le Grand Être avait tourné son attention vers Colonos.

Mira, au centre de ce phénomène extraordinaire, semblait transformée. Son corps luisait d'une énergie qui n'était pas tout à fait physique, ses cheveux flottant autour d'elle comme animés d'une vie propre. Ses yeux, grand ouverts maintenant, reflétaient des visions que les autres ne pouvaient qu'imaginer.

"Je le vois," murmura-t-elle, sa voix étrangement amplifiée malgré son ton doux. "Je vois le Grand Être. Je vois... tout."

Valen s'approcha prudemment, fasciné malgré lui par la transformation de Mira et par ce qu'elle semblait percevoir. "Que vois-tu exactement ?"

"Un monde... immense," répondit-elle, son regard fixé sur quelque chose au-delà de la déchirure. "Des structures colossales en mouvement constant. Des flux d'énergie qui font paraître notre Flux Vital comme un simple ruisseau à côté d'un océan. Et une conscience... vaste, complexe, englobant tout."

Elle tourna légèrement la tête, comme écoutant quelque chose que les autres ne pouvaient entendre. "Le Grand Être nous perçoit. Pas individuellement – nous sommes trop petits, trop éphémères pour sa conscience – mais collectivement. Colonos tout entière est comme... comme une cellule dans son corps immense."

"Une cellule ?" répéta Valen, cette métaphore éveillant en lui une compréhension nouvelle et troublante. "Tu veux dire que Colonos est littéralement une partie de ce Grand Être ? Pas simplement métaphoriquement ?"

"Exactement," confirma Mira, un sourire émerveillé illuminant son visage. "Nous sommes une composante vivante d'un organisme infiniment plus vaste. Les Canaux Écarlates sont ses vaisseaux sanguins. Les Chambres Pulsantes, une partie de son cœur. La Citadelle Centrale, un fragment de son cerveau. Les Frontières Dermiques, sa peau."

Cette révélation frappa Valen avec la force d'une illumination soudaine. Toutes les structures de Colonos, toutes les régions, tous les habitants avec leurs fonctions spécialisées – tout prenait soudain un sens nouveau et profond.

"Nous sommes... dans un corps ?" murmura-t-il, abasourdi par l'ampleur de cette réalisation.

"Nous sommes un corps," corrigea doucement Mira. "Une partie spécialisée d'un tout plus grand. Et ce que nous vivons maintenant – les Graines Noires, les Libérateurs, la transformation – c'est simplement le Grand Être qui s'adapte, qui évolue pour répondre à de nouveaux défis dans son environnement."

Elle se tourna vers Morbius, qui s'était effondré à genoux après avoir transféré son contrôle de la déchirure, son corps épuisé mais son œil unique brillant d'une satisfaction profonde.

"Tu avais raison," lui dit-elle. "Sur tout. Les Graines ne sont pas une corruption, mais des catalyseurs d'évolution programmés dans la structure même de Colonos. Des Clés, comme tu les appelais, conçues pour s'activer quand le Grand Être a besoin de s'adapter."

Morbius inclina faiblement la tête, acceptant cette validation de sa vision avec une dignité silencieuse.

"Et le Conseil ?" demanda Lyra, qui avait observé toute la scène avec une fascination mêlée d'appréhension. "Savaient-ils tout cela ?"

"Certains d'entre eux, peut-être," répondit Mira. "Les plus anciens, comme Throm, ont probablement eu accès à des fragments de cette vérité à travers les Archives Ancestrales. Mais je doute qu'ils en aient compris toutes les implications. La peur du changement, le désir de maintenir un ordre connu et maîtrisable... ces instincts peuvent être puissants, même chez les plus sages."

Un nouveau tremblement, différent des précédents, parcourut alors Colonos. Non pas une vibration de destruction, mais plutôt comme un frisson d'ajustement. Comme si la cité vivante tout entière se réalignait sur une nouvelle configuration.

"Qu'est-ce qui se passe ?" demanda Valen, alarmé malgré les assurances de Mira.

"La transformation s'accélère," expliqua-t-elle, son expression sereine contrastant avec l'inquiétude du Commandant. "Maintenant que nous avons établi une connexion stable avec le Grand Être, les Lianes Ombragées peuvent se propager de manière plus harmonieuse, guidées plutôt que chaotiques."

"Et le Protocole de Purification ?"

"Il s'intègre au processus," répondit Mira. "L'énergie purificatrice, au lieu de combattre la transformation, la catalyse maintenant – éliminant ce qui est véritablement obsolète tout en préservant et renforçant ce qui doit évoluer."

Elle ferma brièvement les yeux, comme percevant des changements à l'échelle de Colonos tout entière. "Les Chambres Pulsantes se stabilisent. Le Flux Vital retrouve un rythme régulier, bien que différent de celui que nous connaissions. De nouvelles structures émergent dans certaines régions, tandis que d'autres se reconfigurent pour servir des fonctions modifiées."

"Et les habitants ?" demanda Lyra. "Qu'advient-il de tous ceux qui vivent à Colonos ?"

"Ils s'adaptent," dit simplement Mira. "Certains plus facilement que d'autres. Ceux qui résistent complètement à la transformation souffriront davantage, mais même eux finiront par trouver leur place dans le nouvel ordre. Car au fond, nous sommes tous des expressions du Grand Être, des manifestations spécialisées de sa conscience vaste et complexe."

Valen observa la déchirure stabilisée, les structures colossales visibles au-delà, et sentit un mélange vertigineux d'émerveillement et d'humilité. Toute sa vie, il s'était considéré comme un défenseur de

Colonos, un gardien de son intégrité face aux menaces extérieures. Mais cette révélation changeait tout.

Il n'était pas simplement un protecteur – il était une cellule immunitaire dans un corps immense, une Sentinelle Immunis au sens le plus littéral du terme. Sa fonction n'était pas de préserver un statu quo artificiel, mais de défendre l'intégrité fondamentale du Grand Être tout en permettant son évolution naturelle.

"Que devons-nous faire maintenant ?" demanda-t-il finalement, acceptant cette nouvelle compréhension de son rôle avec une humilité qui surprit même Mira.

"Guider la transformation," répondit-elle. "L'accompagner plutôt que de la combattre. Aider ceux qui luttent pour s'adapter. Et surtout, apprendre. Car ce que nous vivons n'est pas une fin, mais un commencement. Une nouvelle ère pour Colonos, une nouvelle relation avec le Grand Être dont nous faisons partie."

Alors qu'elle prononçait ces mots, les Lianes Ombragées continuaient leur progression à travers Colonos, transformant tout ce qu'elles touchaient. Mais là où elles avaient d'abord semblé menaçantes, elles apparaissaient maintenant comme les agents d'un changement nécessaire et, à sa manière, beau.

Car dans leur sillage, une Colonos nouvelle émergeait – toujours reconnaissable dans ses structures fondamentales, mais évoluée, adaptée, prête à servir sa fonction au sein du Grand Être avec une efficacité renouvelée.

Et au cœur de cette transformation se tenait Mira Hémata, pont vivant entre deux réalités, guide d'une évolution qui changerait à jamais la compréhension que les habitants de Colonos avaient d'eux-mêmes et de leur monde.

CHAPITRE 6 :

REVELATIONS ANCIENNES

La transformation de Colonos se poursuivait à un rythme soutenu mais désormais plus harmonieux. Les Lianes Ombragées, autrefois perçues comme une menace, étaient maintenant guidées par l'effort conjoint des Mages-Réparateurs, des Sentinelles et des Libérateurs, créant des changements structurels qui renforçaient plutôt que détruisaient le tissu fondamental de la cité vivante.

Dans la Citadelle Centrale, le Conseil des Régions s'était réuni en session d'urgence permanente. Les douze Sages, certains visiblement ébranlés par les événements récents, d'autres étrangement sereins, débattaient des implications de la Révélation qui avait changé à jamais leur compréhension de Colonos.

"Nous devons accepter la vérité," déclarait Aria Pulmonus, la Sage des Cavernes Pulmonaires, son corps ondoyant reflétant son agitation intérieure. "Colonos n'est pas une cité-état isolée comme nous l'avons toujours enseigné. Nous sommes une partie d'un tout infiniment plus vaste – un composant d'un organisme que nous pouvons à peine concevoir."

"Une cellule dans le corps du Grand Être," murmura Nerva Opticus, son regard perçant fixé sur les filaments lumineux qui parcouraient les murs de la salle, comme s'il les voyait vraiment pour la première fois.

Le Sage Suprême, dont le corps translucide pulsait maintenant en parfaite synchronisation avec le nouveau rythme du Flux Vital, hocha lentement la tête. "La question n'est plus de savoir si cette vérité est réelle – la Révélation l'a confirmée au-delà de tout doute. La question est :

comment nous adaptons-nous à cette nouvelle compréhension de notre existence ?"

Tous les regards se tournèrent vers Throm Osseus, le massif représentant des Piliers Structurels, qui était resté étrangement silencieux depuis le début de la session. Le vieux gardien semblait porter le poids d'un savoir ancien et lourd, ses épaules massives légèrement voûtées comme sous une charge invisible.

"Throm," dit doucement le Sage Suprême. "Tu as accès aux Archives Ancestrales les plus anciennes. Tu as parlé de précédents, de cycles de transformation similaires dans l'histoire de Colonos. Partage ta connaissance avec nous maintenant. Elle n'a jamais été aussi nécessaire."

Throm leva lentement son regard ambré, balayant l'assemblée des Sages. Après un long moment de silence, il soupira profondément.

"Ce que je vais vous révéler," commença-t-il, sa voix grave résonnant dans la salle, "a été gardé secret par les gardiens des Piliers Structurels depuis des éons. Une connaissance transmise de gardien en gardien, préservée même des Sages de la Citadelle."

Cette déclaration provoqua un murmure surpris parmi les membres du Conseil. L'idée qu'une connaissance aussi fondamentale ait pu être dissimulée, même à eux, était troublante.

"Pourquoi un tel secret ?" demanda Aria, une note d'accusation dans sa voix habituellement mélodieuse.

"Par nécessité," répondit simplement Throm. "Car cette connaissance remet en question non seulement notre compréhension de Colonos, mais aussi la légitimité même du Conseil tel qu'il a existé à travers les âges."

Il se leva pesamment, sa silhouette massive projetant une ombre imposante sur la Table des Confluences. "Suivez-moi. Ce que je dois vous montrer ne peut être simplement raconté. Vous devez le voir de vos propres yeux."

Intrigués et quelque peu appréhensifs, les Sages suivirent Throm hors de la salle du Conseil, à travers les couloirs cristallins de la Citadelle, puis dans des passages de plus en plus anciens et rarement utilisés. Ils descendirent des escaliers qui semblaient s'enfoncer dans les fondations mêmes de la Citadelle, bien au-delà des niveaux accessibles à la plupart des habitants.

Finalement, ils atteignirent une porte massive faite d'un matériau que même les Sages les plus érudits ne purent identifier. Elle ne ressemblait à aucune structure connue de Colonos – ni organique ni cristalline, mais quelque chose d'entièrement différent.

"Les Archives Primordiales," annonça Throm, posant sa main massive sur la surface étrange de la porte. "Le lieu où sont conservées les connaissances les plus anciennes de Colonos, datant de sa création même."

La porte réagit à son toucher, s'illuminant légèrement avant de s'ouvrir sans un bruit, révélant une salle circulaire aux proportions imposantes. Contrairement au reste de la Citadelle, cet espace n'était pas éclairé par des cristaux lumineux ou par la bioluminescence naturelle de Colonos. Une lumière diffuse semblait émaner des murs eux-mêmes, pulsant doucement à un rythme qui n'était pas tout à fait synchronisé avec celui du Flux Vital.

Et sur ces murs, couvrant chaque centimètre de leur surface, s'étalaient des inscriptions d'une complexité stupéfiante. Certaines ressemblaient vaguement aux écritures connues de Colonos, mais la plupart utilisaient des symboles entièrement étrangers, des formes et des structures qui défièrent la compréhension immédiate des Sages.

"Qu'est-ce que c'est ?" murmura Aria, s'approchant d'une section particulièrement dense d'inscriptions. "Je ne reconnais pas ce langage."

"C'est le Langage Primordial," expliqua Throm. "La langue des Créateurs."

"Des Créateurs ?" répéta le Sage Suprême, son corps translucide pulsant plus rapidement sous l'effet de l'émotion. "Tu veux dire..."

"Oui," confirma gravement Throm. "Ceux qui ont conçu Colonos. Qui l'ont façonnée avec un but précis au sein du Grand Être."

Cette révélation frappa les Sages avec la force d'une illumination collective. L'idée que Colonos ait été délibérément créée, conçue avec intention plutôt que formée naturellement, bouleversait des siècles de théologie et de philosophie.

"Ces inscriptions," poursuivit Throm, guidant les Sages vers le centre de la salle où se dressait une structure qui ressemblait vaguement à la Table des Confluences, mais infiniment plus complexe, "racontent l'histoire véritable de Colonos. Son origine, son but, et les cycles de transformation qu'elle est destinée à traverser."

Il posa ses mains sur la structure centrale, qui s'illumina instantanément, projetant des images tridimensionnelles dans l'air au-dessus d'elle. Des représentations de Colonos à différentes époques, montrant son évolution à travers des cycles successifs de transformation.

"Colonos a été créée comme une défense spécialisée au sein du Grand Être," expliqua Throm, sa voix prenant une qualité presque récitative, comme s'il transmettait un savoir ancien appris par cœur. "Une région dédiée à la protection contre certaines... invasions. Ce que nous appelons les Sentinelles Immunis sont en réalité des manifestations de ce que les Créateurs nommaient le 'système immunitaire'."

Les images au-dessus de la table changèrent, montrant des Sentinelles combattant diverses formes d'envahisseurs à travers les âges de Colonos.

"Mais comme toute défense, Colonos doit évoluer pour faire face à des menaces changeantes," poursuivit Throm. "Les Graines Noires – ou plutôt, les Clés d'Évolution, comme les appelaient les Créateurs – sont des mécanismes intégrés dans la structure même de Colonos, conçus pour s'activer lorsqu'une adaptation majeure devient nécessaire."

"Et le Conseil ?" demanda Nerva Opticus. "Quel est notre rôle véritable dans ce... système ?"

Throm hésita, comme s'il approchait du cœur le plus sensible de sa révélation. "Le Conseil, tel qu'il existe aujourd'hui, est une... aberration. Une structure qui s'est développée naturellement au fil du temps, mais qui n'était pas prévue dans la conception originelle de Colonos."

Cette déclaration provoqua une onde de choc parmi les Sages. L'idée que leur autorité, qu'ils avaient toujours considérée comme fondamentale à l'ordre de Colonos, puisse être essentiellement accidentelle, était profondément déstabilisante.

"Selon les Archives Primordiales," continua Throm, imperturbable face à leur consternation, "Colonos était censée être guidée par ce que les Créateurs appelaient 'l'intelligence distribuée' – une forme de conscience collective émergeant de l'interaction harmonieuse de toutes ses parties, sans hiérarchie centrale imposée."

Les images projetées changèrent à nouveau, montrant une version de Colonos où l'énergie et l'information circulaient librement entre toutes les régions, sans la centralisation caractéristique de l'ère du Conseil.

"Au fil du temps, cependant, certaines régions – notamment la Citadelle Centrale – ont commencé à concentrer le pouvoir, à imposer leur vision de l'ordre sur le reste de Colonos. Cette centralisation a créé une rigidité qui, bien qu'apportant une certaine stabilité, a également entravé la capacité naturelle de Colonos à s'adapter et à évoluer."

"Tu suggères que le Conseil lui-même a été un obstacle à l'évolution naturelle de Colonos ?" demanda le Sage Suprême, sa voix calme malgré l'implication bouleversante de cette question.

"Pas par malveillance," précisa Throm, "mais par peur du changement, par désir de maintenir un ordre connu et maîtrisable. Chaque fois que les Clés d'Évolution se sont activées dans le passé, déclenchant un cycle de transformation, le Conseil de l'époque a tenté de résister, de supprimer le changement plutôt que de le guider."

Il désigna une section particulière des inscriptions murales. "Ces textes décrivent ce que les Créateurs appelaient 'La Grande Résistance' – une période où le Conseil a systématiquement tenté d'éliminer toute manifestation des Clés d'Évolution, créant des protocoles comme celui de Purification spécifiquement pour maintenir Colonos dans un état d'équilibre artificiel."

"Avec quelles conséquences ?" demanda Aria, sa voix trahissant son appréhension.

"Des cycles de crise de plus en plus sévères," répondit gravement Throm. "Car la transformation n'est pas simplement souhaitable – elle est nécessaire à la survie même de Colonos au sein du Grand Être. Chaque fois que nous avons résisté au changement, nous n'avons fait que le retarder, le rendant finalement plus chaotique et plus douloureux lorsqu'il devenait inévitable."

Un silence pensif s'installa parmi les Sages, chacun méditant sur les implications profondes de ces révélations. Ce fut le Sage Suprême qui le rompit finalement, sa voix éthérée empreinte d'une humilité nouvelle.

"Si ce que tu dis est vrai, Throm – et je n'ai aucune raison d'en douter – alors le rôle du Conseil doit fondamentalement changer. Nous ne pouvons plus prétendre diriger Colonos selon notre vision limitée de ce qu'elle devrait être."

"Exactement," approuva Throm, visiblement soulagé par cette compréhension. "Notre rôle devrait être de faciliter l'émergence de cette intelligence distribuée dont parlent les Archives, d'accompagner la transformation plutôt que de tenter de la contrôler."

"Et comment procédons-nous concrètement ?" demanda Nerva, toujours pragmatique.

Throm se tourna vers la structure centrale, manipulant quelque commande invisible. Les images projetées changèrent une dernière fois, montrant une représentation de Colonos dans un état que les Sages n'avaient jamais contemplé – une version évoluée, transformée, où les différentes régions semblaient fonctionner en parfaite harmonie sans contrôle centralisé apparent.

"Les Archives Primordiales contiennent des instructions détaillées pour ce que les Créateurs appelaient 'La Transition' – le processus par lequel Colonos peut passer d'un état de hiérarchie rigide à un système d'auto-organisation dynamique. C'est un chemin complexe, qui nécessitera des ajustements profonds dans toutes les régions de Colonos, mais les fondations sont déjà en place."

Il désigna des points spécifiques sur l'image projetée. "Les Lianes Ombragées que nous avons d'abord perçues comme une corruption sont en réalité les premiers filaments de ce nouveau réseau de communication distribuée. Et la déchirure aux Frontières Dermiques n'est pas simplement une fenêtre vers l'extérieur – c'est un canal de communication directe avec le Grand Être, permettant à Colonos de s'aligner plus parfaitement avec ses besoins."

"Et Morbius ?" demanda Aria. "Les Libérateurs ? Comment s'intègrent-ils dans cette... Transition ?"

"Ils sont les catalyseurs," répondit Throm. "Les premiers à avoir embrassé la transformation, à avoir compris instinctivement ce que Colonos était destinée à devenir. Leur méthode était peut-être brutale, leur compréhension incomplète, mais leur intuition fondamentale était juste."

Le Sage Suprême s'approcha de la structure centrale, observant attentivement les images projetées. "Ces instructions pour La

Transition... sont-elles compréhensibles pour nous ? Pouvons-nous les suivre sans l'aide des Créateurs eux-mêmes ?"

"Avec difficulté," admit Throm, "mais pas impossiblement. Et nous ne sommes pas seuls dans cette tâche. Mira Hémata, à travers sa connexion avec la déchirure, a déjà commencé à percevoir intuitivement certains aspects de ce processus. Et les Libérateurs, malgré leur approche parfois chaotique, ont développé une compréhension pratique de la transformation qui complète notre savoir théorique."

"Tu suggères une alliance ?" demanda Nerva, surpris. "Entre le Conseil, les Mages-Réparateurs et les Libérateurs ?"

"Je suggère plus qu'une alliance," répondit Throm. "Je suggère une dissolution des anciennes divisions, une intégration de toutes les perspectives dans un nouveau mode de gouvernance qui reflète l'intelligence distribuée que Colonos était destinée à manifester."

Cette proposition audacieuse laissa les Sages momentanément sans voix. L'idée d'abandonner volontairement le pouvoir qu'ils avaient exercé pendant des éons, de transformer fondamentalement la structure politique de Colonos, était révolutionnaire.

"Ce ne sera pas facile," dit finalement le Sage Suprême. "Des cycles de tradition et d'autorité ne peuvent être déconstruits en un instant. Il y aura des résistances, des incompréhensions, peut-être même des conflits."

"Sans doute," acquiesça Throm. "Mais pour la première fois depuis la création de Colonos, nous avons l'opportunité d'aligner consciemment notre évolution avec le dessein original des Créateurs. De devenir ce que nous étions toujours destinés à être – non pas une hiérarchie rigide, mais un organisme vivant, adaptable, en harmonie parfaite avec le Grand Être dont nous faisons partie."

Alors que les Sages méditaient sur ces paroles, un tremblement subtil parcourut la salle – non pas un signe de destruction, mais plutôt comme une résonance, comme si les Archives Primordiales elles-mêmes répondaient à la reconnaissance de leur sagesse longtemps ignorée.

"Il est temps," déclara solennellement le Sage Suprême. "Temps de partager cette connaissance avec tous les habitants de Colonos. Temps d'initier La Transition, non pas comme une imposition du Conseil, mais comme une invitation collective à co-créer l'avenir de notre cité vivante."

Sur ces mots, les Sages quittèrent les Archives Primordiales, portant avec eux une compréhension nouvelle et profonde de la véritable nature de Colonos – non plus simplement une cité-état isolée, mais une composante vivante et évolutive d'un organisme infiniment plus vaste, conçue avec un but précis qu'il était enfin temps de réaliser pleinement.

Aux Frontières Dermiques du secteur Est, la déchirure s'était stabilisée en un portail parfaitement circulaire, à travers lequel les structures colossales du monde extérieur étaient clairement visibles. Mais ce qui avait commencé comme une simple fenêtre d'observation s'était transformé en quelque chose de bien plus significatif – un canal de communication bidirectionnelle entre Colonos et le Grand Être.

Au centre de ce phénomène extraordinaire se tenait toujours Mira Hémata, son corps luisant d'une énergie qui n'était pas tout à fait physique, ses cheveux flottant autour d'elle comme animés d'une vie propre. Mais elle n'était plus seule dans son rôle d'interface. Valen Leucos se tenait à sa droite, son armure de Sentinelle reflétant les lueurs étranges qui émanaient de la déchirure. Morbius, partiellement rétabli de son épuisement, se tenait à sa gauche, son corps transformé semblant plus harmonieux maintenant, comme si la connexion avec le Grand Être avait affiné et perfectionné sa métamorphose.

Et autour d'eux, formant un cercle plus large, se trouvaient des représentants de toutes les régions de Colonos – des Sentinelles et des Libérateurs, des Mages-Réparateurs et des Messagers du Réseau, des habitants ordinaires aux fonctions diverses, tous unis dans un effort collectif pour comprendre et faciliter la transformation de leur monde.

"C'est extraordinaire," murmura Lyra Nervalis, qui venait de se matérialiser à côté de Valen après avoir parcouru le Réseau Nervalis pour transmettre des informations entre les différentes régions de Colonos. "Les changements s'accélèrent partout, mais de manière harmonieuse maintenant. Les Lianes Ombragées se propagent le long des voies naturelles de communication, renforçant plutôt que perturbant les structures existantes."

"Et le Protocole de Purification ?" demanda Valen, dont l'inquiétude pour les Chambres Pulsantes n'avait pas entièrement disparu malgré les assurances de Mira.

"Sous contrôle," répondit Lyra avec un léger sourire. "Soren Cardius a réussi à réorienter l'énergie purificatrice, l'intégrant au processus de transformation plutôt que de la laisser s'y opposer. Le Flux Vital retrouve progressivement une température normale, bien que son rythme soit différent – plus... adaptable, d'une certaine façon."

Valen hocha la tête, soulagé. Puis son attention fut attirée par un mouvement à la périphérie du rassemblement. Un groupe approchait – les Sages du Conseil, menés par le Sage Suprême et Throm Osseus.

Leur arrivée provoqua une onde de surprise parmi les personnes rassemblées. Jusqu'à présent, le Conseil s'était tenu à l'écart des événements aux Frontières, gérant la crise depuis la Citadelle Centrale.

"Ils viennent en paix," murmura Lyra, percevant peut-être quelque chose dans le Réseau Nervalis que les autres ne pouvaient détecter. "Ils portent une connaissance nouvelle... et ancienne à la fois."

En effet, lorsque les Sages atteignirent le périmètre du rassemblement, leur attitude n'était pas celle de dirigeants venus imposer leur autorité, mais plutôt celle d'égaux venus partager une découverte importante.

"Mira Hémata," appela le Sage Suprême, sa voix éthérée portant étonnamment loin malgré le bourdonnement constant qui émanait de la déchirure. "Nous apportons des informations qui pourraient être cruciales pour la Transition."

Mira, sans quitter sa position centrale, tourna légèrement la tête vers les nouveaux arrivants. Ses yeux, qui reflétaient toujours des visions que les autres ne pouvaient qu'imaginer, semblèrent se concentrer momentanément sur le plan physique.

"Les Archives Primordiales," dit-elle, surprenant les Sages par cette connaissance qu'elle n'aurait pas dû posséder. "Vous les avez trouvées."

Throm s'avança, visiblement impressionné. "Comment pourrais-tu savoir cela ?"

Un sourire énigmatique éclaira le visage de Mira. "La déchirure ne révèle pas seulement le monde extérieur, Throm. Elle offre également une perspective nouvelle sur Colonos elle-même. Je vois notre cité comme jamais auparavant – non pas fragmentée en régions distinctes, mais comme un tout interconnecté, chaque partie influençant toutes les autres dans une danse complexe d'énergie et d'information."

Elle désigna d'un geste les structures visibles à travers la déchirure. "Et je vois notre place au sein du Grand Être – non pas comme des serviteurs ou des composants passifs, mais comme des participants actifs à sa conscience vaste et complexe."

"Alors tu comprends déjà," dit le Sage Suprême. "Tu sais ce que nous devons faire."

"Je perçois les contours généraux," acquiesça Mira, "mais les détails spécifiques m'échappent encore. La connaissance contenue dans les Archives Primordiales pourrait combler ces lacunes, nous offrir une carte plus précise pour naviguer dans cette Transition."

Throm s'approcha davantage, sortant de sa robe un objet étrange qui ne ressemblait à rien de connu à Colonos – un cristal aux facettes innombrables, qui semblait contenir en son sein des motifs lumineux en constant mouvement.

"La Clé de Connaissance," annonça-t-il. "Un artefact des Créateurs, préservé dans les Archives Primordiales. Il contient les instructions complètes pour La Transition, encodées d'une manière que seule une conscience en résonance avec le Grand Être peut pleinement déchiffrer."

Il tendit le cristal vers Mira. "Les Archives suggèrent que cet artefact doit être placé au cœur de la connexion avec le Grand Être – dans ce que tu appelles la déchirure – pour activer son potentiel complet."

Mira observa le cristal avec fascination, puis hocha lentement la tête. "Je perçois sa résonance. Il est... compatible avec l'énergie de la déchirure. Mais je ne peux pas quitter ma position sans risquer de déstabiliser la connexion."

"Je le porterai," proposa Valen, s'avançant d'un pas. "Si tu me guides."

Mira lui sourit, une expression de gratitude et de confiance illuminant son visage. "Ton armure de Sentinelle te protégera partiellement des énergies les plus intenses. Mais le risque reste considérable, Valen."

"Un risque que je suis prêt à prendre," répondit-il simplement. "Pour Colonos."

Throm lui remit solennellement le cristal, qui sembla s'illuminer légèrement au contact de l'armure argentée du Commandant. "Sois prudent," avertit le vieux gardien. "Cet artefact est ancien au-delà de toute mesure, et son pouvoir dépasse notre compréhension."

Valen acquiesça gravement, puis se tourna vers la déchirure et la silhouette lumineuse de Mira qui se tenait en son centre. Prenant une profonde inspiration, il commença à avancer, pas à pas, vers le cœur du phénomène.

L'énergie qui émanait de la déchirure s'intensifia à mesure qu'il approchait, créant une résistance presque physique à sa progression. Son armure commença à luire d'une luminosité argentée, comme si elle réagissait aux forces étranges qui l'entouraient.

"Continue," encouragea doucement Mira. "L'énergie reconnaît ton intention. Elle ne te blessera pas si tu avances avec détermination mais sans agressivité."

Valen poursuivit sa progression, chaque pas devenant plus difficile que le précédent. Autour de lui, l'air semblait se densifier, se charger d'une énergie presque palpable. Des motifs lumineux dansaient à la périphérie de sa vision, comme des fragments de réalités alternatives qui s'entrecroisaient à la frontière entre Colonos et le Grand Être.

Finalement, après ce qui sembla une éternité mais ne dura probablement que quelques minutes, il atteignit Mira. La Mage-Réparatrice flottait légèrement au-dessus du sol, son corps entouré d'un halo d'énergie pulsante qui semblait la connecter simultanément à Colonos et au monde extérieur visible à travers la déchirure.

"Le cristal," dit-elle, sa voix étrangement amplifiée dans cet espace liminal. "Place-le directement dans le flux d'énergie qui traverse la déchirure."

Valen leva le cristal à facettes multiples, qui pulsait maintenant en synchronisation parfaite avec l'énergie environnante. Avec une précision née de décennies d'entraînement au combat, il le projeta directement au centre de la déchirure, là où l'intensité énergétique semblait atteindre son apogée.

L'effet fut immédiat et spectaculaire. Le cristal ne tomba pas de l'autre côté de la déchirure comme on aurait pu s'y attendre, mais resta suspendu exactement au point de transition entre les deux réalités. Il commença à tourner sur lui-même, de plus en plus rapidement, ses facettes réfractant la lumière en motifs hypnotiques qui se projetaient dans toutes les directions.

Et de ces motifs émergèrent des images – non pas de simples projections comme celles des Archives Primordiales, mais des représentations vivantes, dynamiques, qui semblaient exister simultanément dans l'espace physique et dans un domaine plus abstrait de pure information.

Colonos apparut, représentée non pas comme une cité conventionnelle mais comme un réseau vivant d'une complexité stupéfiante, chaque habitant un nœud lumineux dans cette toile interconnectée. Les différentes régions pulsaient de couleurs distinctes, mais ces couleurs se mélangeaient à leurs frontières, créant des dégradés harmonieux plutôt que des démarcations abruptes.

Et au-delà de Colonos, visible maintenant avec une clarté sans précédent, s'étendait le Grand Être – un organisme d'une échelle si vaste que même cette représentation ne pouvait en capturer qu'une infime fraction. Des systèmes entiers similaires à Colonos étaient visibles, chacun avec sa fonction spécialisée, tous interconnectés dans une symphonie de vie et de conscience qui défiait l'entendement.

"C'est... magnifique," murmura Valen, momentanément oublieux du danger de sa position au cœur de la déchirure.

"C'est la vérité," répondit simplement Mira. "Notre vérité. Ce que nous avons toujours été, bien que nous l'ayons oublié."

Le cristal tournoyant accéléra encore, ses facettes devenant presque indistinctes dans leur mouvement rapide. De son cœur émergèrent maintenant des filaments d'énergie pure qui s'étendaient dans toutes les directions, traversant la déchirure pour se connecter à des points spécifiques de Colonos.

Partout où ces filaments touchaient la cité vivante, des transformations s'opéraient – non pas chaotiques ou destructrices, mais précises, délibérées, comme guidées par une intelligence supérieure. Les Lianes Ombragées, qui s'étaient déjà propagées à travers de vastes régions de Colonos, semblaient réagir à ces nouveaux filaments, s'alignant avec eux, formant un réseau secondaire qui renforçait et complétait le premier.

"La Transition," dit Mira, son expression reflétant une compréhension nouvelle et profonde. "Elle se déroule exactement comme les Créateurs l'avaient prévu. Le cristal contient non seulement les instructions, mais aussi l'énergie catalytique nécessaire pour initier le processus à l'échelle de Colonos tout entière."

Valen, toujours au cœur de ce phénomène extraordinaire, sentit une étrange sensation se répandre en lui – comme si sa conscience s'élargissait, englobant non seulement son propre être mais aussi des fragments de la conscience collective de Colonos et, au-delà, des échos ténus de la vaste conscience du Grand Être lui-même.

"Je... perçois," dit-il, luttant pour articuler des sensations qui dépassaient largement le cadre de son expérience antérieure. "Je vois Colonos comme... un système immunitaire. Une défense spécialisée au sein du Grand Être. Et je vois... des menaces. Des invasions potentielles contre lesquelles nous sommes la première ligne de défense."

"Oui," confirma Mira. "C'est notre fonction primaire au sein du Grand Être. Mais cette fonction évolue, s'adapte aux besoins changeants de l'organisme dont nous faisons partie. La Transition que nous vivons maintenant est une mise à jour, une évolution de notre capacité défensive pour faire face à des menaces nouvelles et plus complexes."

Elle désigna les images projetées par le cristal tournoyant, où l'on pouvait maintenant discerner des entités étrangères tentant de pénétrer les frontières du Grand Être – des formes étranges, ni tout à fait physiques ni entièrement énergétiques, qui semblaient chercher des points faibles dans les défenses de l'organisme.

"Ces envahisseurs," expliqua Mira, "sont ce que les Créateurs appelaient les 'Agents Pathogènes Évolués' – des entités capables d'adaptation rapide, qui peuvent contourner les défenses conventionnelles. Notre ancienne structure hiérarchique, avec le Conseil au sommet et des ordres descendants, était trop rigide, trop prévisible pour contrer efficacement ces menaces adaptatives."

"Alors La Transition..." commença Valen.

"Est une évolution vers un système de défense distribué, auto-organisé, capable d'adaptation rapide et d'apprentissage collectif," compléta Mira. "Un système où chaque habitant de Colonos devient non seulement un défenseur potentiel, mais aussi un nœud dans un réseau d'intelligence collective qui peut percevoir et répondre aux menaces avec une flexibilité et une créativité que notre ancienne structure ne permettait pas."

Valen contempla cette révélation, comprenant soudain que son rôle de Commandant des Sentinelles Immunis – un rôle qu'il avait toujours considéré comme fondamental à l'ordre de Colonos – était en réalité une limitation, un vestige d'un paradigme défensif obsolète.

"Alors que devenons-nous ?" demanda-t-il. "Les Sentinelles, je veux dire. Si la hiérarchie militaire n'est plus nécessaire..."

"Vous devenez des nœuds spécialisés dans le nouveau réseau," répondit Mira avec un sourire rassurant. "Vos compétences, votre expérience, votre dévouement à la protection de Colonos – tout cela reste précieux. Mais au lieu d'opérer dans une chaîne de commandement rigide, vous fonctionnerez comme des agents semi-autonomes au sein d'un système plus fluide, plus réactif."

Elle désigna les images où l'on pouvait voir des représentations de Sentinelles dispersées à travers Colonos, chacune au centre d'un réseau local de communication et de coordination qui s'intégrait harmonieusement au réseau global.

"C'est... difficile à imaginer concrètement," admit Valen. "Toute ma vie a été structurée autour de la hiérarchie, de la chaîne de commandement."

"Le changement ne sera pas instantané," le rassura Mira. "La Transition est un processus, pas un événement. Nous aurons le temps d'apprendre, de nous adapter, de trouver notre place dans ce nouveau paradigme."

Soudain, le cristal tournoyant émit une pulsation particulièrement intense, projetant une vague d'énergie qui traversa la déchirure et se répandit à travers Colonos tout entière. Partout où cette vague passait, les Lianes Ombragées s'illuminaient brièvement, comme activées par une commande invisible.

"La phase finale de l'initialisation," murmura Mira, son expression reflétant une concentration intense alors qu'elle percevait des informations que Valen ne pouvait qu'entrevoir. "Le réseau distribué s'active pleinement, établissant des connexions directes entre toutes les régions de Colonos sans passer par la Citadelle Centrale."

En effet, à travers les images projetées, on pouvait voir des filaments lumineux se former entre des points éloignés de Colonos, créant un maillage complexe qui transcendait les divisions régionales traditionnelles. La Citadelle Centrale, autrefois hub incontournable de toute communication, devenait simplement un nœud parmi d'autres dans ce réseau plus égalitaire.

"Il est temps de retourner," dit Mira, sentant peut-être l'épuisement croissant de Valen face à l'intensité énergétique au cœur de la déchirure. "Le cristal continuera son œuvre sans notre présence directe maintenant."

Ensemble, ils commencèrent à se retirer vers la périphérie du phénomène, où les attendaient Morbius, les Sages, et tous les autres témoins de cette transformation historique. Mais avant qu'ils n'atteignent la sécurité relative du périmètre, une dernière vague d'énergie émana du cristal – plus puissante, plus profonde que toutes les précédentes.

Cette vague ne se contenta pas de traverser Colonos ; elle sembla résonner avec la structure même de la réalité, créant un moment de clarté transcendante où tous les habitants de la cité, quelle que soit leur fonction ou leur région, perçurent simultanément la vérité de leur existence.

Colonos n'était pas simplement une cité-état isolée, ni même une composante spécialisée d'un organisme plus vaste. Elle était une manifestation consciente du Grand Être lui-même, une expression localisée d'une conscience universelle qui s'étendait bien au-delà des limites de leur compréhension.

Et dans cette révélation collective, une vérité plus profonde encore émergea – le Grand Être n'était pas simplement un organisme biologique à grande échelle, mais une entité consciente évoluant dans un cosmos plus vaste encore, peuplé d'autres êtres similaires avec lesquels il interagissait dans une danse cosmique d'une complexité vertigineuse.

Cette vision fugace d'un ordre de réalité transcendant leur cadre habituel ne dura qu'un instant, mais elle laissa une impression indélébile dans la conscience collective de Colonos. Une compréhension nouvelle de leur place dans un univers infiniment plus vaste et plus complexe qu'ils ne l'avaient jamais imaginé.

Alors que Valen et Mira rejoignaient finalement le groupe qui les attendait au périmètre de la déchirure, un sentiment partagé de révérence et d'humilité semblait unir tous les présents, transcendant leurs anciennes divisions et allégeances.

"Qu'avez-vous vu ?" demanda Throm, son expression reflétant une curiosité mêlée de respect.

Mira et Valen échangèrent un regard, sachant que les mots ne pourraient jamais capturer pleinement l'expérience qu'ils venaient de vivre. Mais ils devaient essayer, pour le bien de tous.

"Nous avons vu notre véritable nature," répondit finalement Mira. "Et notre véritable destinée. Non pas comme maîtres de Colonos, ni même comme ses serviteurs, mais comme participants conscients à une évolution qui transcende notre compréhension individuelle."

"La Transition a commencé," ajouta Valen. "Non pas comme un simple changement de structure politique ou sociale, mais comme une évolution fondamentale de notre conscience collective. Nous devenons... plus que ce que nous étions, tout en restant essentiellement nous-mêmes."

Ces paroles, bien qu'imparfaites, semblèrent résonner avec tous les présents, éveillant en eux des échos de la vision transcendante qu'ils avaient brièvement partagée.

"Alors que faisons-nous maintenant ?" demanda le Sage Suprême, sa voix reflétant non pas l'autorité d'un dirigeant, mais l'humilité d'un apprenant.

"Nous accompagnons le processus," répondit simplement Mira. "Nous observons, nous apprenons, nous nous adaptons. La Transition suivra son cours naturel, guidée par la sagesse encodée dans le cristal et par notre participation consciente collective."

Elle se tourna vers la déchirure, où le cristal continuait de tournoyer, projetant ses motifs lumineux qui guidaient la transformation de Colonos. "Et nous maintenons cette connexion avec le Grand Être – non plus comme une déchirure accidentelle, mais comme un canal de communication consciente, un lien vivant entre notre conscience locale et la conscience vaste dont nous faisons partie."

Alors que ces paroles étaient prononcées, une sensation nouvelle semblait se répandre à travers Colonos – non pas la peur ou l'incertitude qui avaient marqué le début de la crise, mais une anticipation sereine, une ouverture collective au changement qui promettait non pas la fin d'un monde, mais la naissance d'une nouvelle ère de conscience et d'harmonie.

La Transition était en marche, irréversible maintenant, portant Colonos vers un futur que personne ne pouvait pleinement prédire, mais que tous, d'une manière ou d'une autre, sentaient aligné avec leur nature la plus profonde et leur destinée la plus élevée.

CHAPITRE 7 :

LA BATAILLE DU FLUX

La Transition progressait à travers Colonos, transformant la cité vivante d'une manière à la fois profonde et subtile. Les Lianes Ombragées, désormais comprises comme les vecteurs d'un nouveau réseau de communication distribuée, s'étendaient harmonieusement à travers toutes les régions, créant des connexions directes là où auparavant tout devait passer par la Citadelle Centrale.

Le cristal des Créateurs continuait de tournoyer au cœur de la déchirure stabilisée, projetant ses motifs lumineux qui guidaient le processus de transformation avec une précision presque chirurgicale. Et à travers cette ouverture vers le monde extérieur, les habitants de Colonos pouvaient maintenant percevoir plus clairement leur place au sein du Grand Être – non pas comme des serviteurs ou des composants passifs, mais comme des participants conscients à une évolution collective.

Pourtant, malgré cette harmonie croissante, une tension nouvelle commençait à se faire sentir. Des perturbations subtiles dans le Flux Vital, des fluctuations énergétiques qui ne correspondaient pas au schéma de La Transition telle qu'elle était encodée dans le cristal.

Dans les Chambres Pulsantes, Soren Cardius fut le premier à détecter ces anomalies. Les valves cristallines qui régulaient le débit du Flux présentaient des variations inexpliquées, comme si une force extérieure tentait d'influencer leur fonctionnement.

"Quelque chose interfère avec le rythme naturel," annonça-t-il à Pax, qui supervisait maintenant une équipe de Régulateurs travaillant en coordination directe avec les autres régions de Colonos, sans passer par la hiérarchie traditionnelle. "Ces fluctuations ne correspondent pas au modèle de La Transition."

Pax examina les cristaux de mesure, son expression reflétant une concentration intense. "Tu as raison. C'est comme si... comme si quelque chose tentait de s'introduire dans le système, de détourner le Flux pour son propre usage."

Soren fronça les sourcils, une inquiétude nouvelle s'installant en lui. "Contacte immédiatement Mira Hémata aux Frontières. Elle doit être informée de ces anomalies."

Mais avant que Pax ne puisse exécuter cet ordre, un tremblement violent secoua les Chambres Pulsantes – non pas la vibration harmonieuse qui avait accompagné La Transition jusqu'à présent, mais une secousse brutale, discordante, qui fit vaciller les valves cristallines et projeta des vagues de Flux Vital dans des directions chaotiques.

"Les valves principales !" cria Soren, se précipitant vers le centre des Chambres où les structures massives qui contrôlaient le flux principal commençaient à vibrer dangereusement. "Elles sont en train de se désynchroniser !"

En effet, les valves qui avaient toujours fonctionné en parfaite harmonie, s'ouvrant et se fermant selon un rythme précis pour propulser le Flux Vital à travers Colonos, commençaient maintenant à suivre des schémas contradictoires. Certaines s'ouvraient quand d'autres auraient dû se fermer, créant des contre-courants dangereux qui menaçaient de déchirer les parois des Chambres.

"Ce n'est pas possible," murmura Pax, stupéfait. "Les valves sont liées au cristal des Créateurs maintenant. Elles devraient suivre le schéma de La Transition..."

"À moins que quelque chose n'interfère avec le signal du cristal," compléta sombrement Soren. "Quelque chose – ou quelqu'un – qui tente de saboter La Transition."

Comme pour confirmer cette hypothèse inquiétante, une section entière de la paroi des Chambres se déforma soudainement, se gonflant comme sous l'effet d'une pression interne avant de se fendre dans un bruit de déchirure humide. De la brèche émergèrent des formes étranges – ni tout à fait solides ni entièrement fluides, mais quelque chose d'intermédiaire qui pulsait d'une lueur malsaine.

"Des Agents Pathogènes," souffla Soren, reconnaissant instantanément ces entités d'après les images projetées par le cristal des Créateurs. "Ils ont trouvé un moyen de pénétrer nos défenses."

Les créatures se déployèrent rapidement à travers les Chambres, se dirigeant avec une détermination évidente vers les valves principales. Partout où elles passaient, les structures organiques de Colonos semblaient se flétrir légèrement, comme affaiblies par leur simple proximité.

"Nous devons les arrêter !" s'exclama Pax, saisissant l'un des outils cristallins utilisés pour les ajustements de précision des valves. "Ils ne doivent pas atteindre le cœur des Chambres !"

Mais les Régulateurs, bien que courageux et dévoués, n'étaient pas des combattants. Leurs tentatives pour repousser les Agents Pathogènes se révélèrent largement inefficaces, leurs outils n'étant pas conçus pour affronter des entités aussi étranges et adaptatives.

"Nous avons besoin des Sentinelles," décida Soren, se tournant vers l'un des Filaments Argentés qui parcouraient les murs des Chambres. "Et nous devons informer Mira et le Conseil de cette invasion."

Il projeta sa conscience dans le Filament, utilisant les nouvelles connexions établies par les Lianes Ombragées pour transmettre simultanément son message à plusieurs points clés de Colonos. Dans l'ancien système, une telle communication directe et multiple aurait été impossible, nécessitant de passer par la hiérarchie rigide de la Citadelle. Mais grâce à La Transition, son appel à l'aide atteignit instantanément ceux qui pouvaient y répondre.

Aux Frontières Dermiques, où la déchirure stabilisée continuait de servir de canal de communication avec le Grand Être, Mira Hémata perçut immédiatement la perturbation. Non pas simplement comme un message transmis par le Réseau Nervalis, mais comme une dissonance dans le flux harmonieux d'énergie qui parcourait désormais Colonos.

"Quelque chose ne va pas," dit-elle, son attention se détournant momentanément de la déchirure pour se concentrer sur les signaux internes de la cité. "Les Chambres Pulsantes sont attaquées."

Valen Leucos, qui se tenait à ses côtés, se redressa immédiatement, son instinct de Sentinelle s'éveillant face à cette menace. "Attaquées par qui ? Les résistants à La Transition ?"

"Non," répondit Mira, son expression s'assombrissant. "Par quelque chose de bien plus dangereux. Des Agents Pathogènes ont pénétré nos défenses."

Cette annonce provoqua une onde d'inquiétude parmi les personnes rassemblées autour de la déchirure – Sentinelles, Libérateurs, Sages et habitants ordinaires qui participaient tous à la supervision de La Transition.

"Comment est-ce possible ?" demanda Throm Osseus, son imposante silhouette s'approchant de Mira. "Le cristal des Créateurs devrait renforcer nos défenses, pas les affaiblir."

"C'est précisément ce qui les a attirés," expliqua Mira, percevant des informations à travers son lien avec la déchirure que les autres ne pouvaient qu'entrevoir. "La Transition nous rend temporairement vulnérables – comme un organisme pendant une mue, nous sommes entre deux états, ni entièrement ce que nous étions, ni complètement ce que nous deviendrons."

"Et ces Agents Pathogènes ont saisi cette opportunité," compléta Morbius, son œil unique brillant d'une compréhension nouvelle. "Ils tentent d'interrompre La Transition avant qu'elle ne soit complète, avant que nos nouvelles défenses ne soient pleinement opérationnelles."

Valen, pragmatique comme toujours, se tourna vers les Sentinelles qui l'accompagnaient. "Nous devons nous rendre immédiatement aux Chambres Pulsantes. Si les Agents Pathogènes prennent le contrôle du cœur de Colonos..."

"Ce ne sera pas suffisant," l'interrompit Mira. "Pas cette fois. Ces entités ne sont pas comme les menaces que les Sentinelles ont l'habitude d'affronter. Elles sont adaptatives, intelligentes d'une manière que nous commençons à peine à comprendre."

"Alors que suggères-tu ?" demanda Valen, reconnaissant la sagesse de la Mage-Réparatrice.

Mira se tourna vers la déchirure, où le cristal des Créateurs continuait de tournoyer, projetant ses motifs lumineux qui guidaient La Transition. "Nous devons accélérer le processus. Compléter La Transition avant que les Agents Pathogènes ne puissent causer des dommages irréparables."

"Est-ce possible ?" demanda le Sage Suprême, son corps translucide pulsant plus rapidement sous l'effet de l'inquiétude. "Les Archives

Primordiales suggèrent que La Transition doit suivre un rythme naturel, que la précipiter pourrait causer des déséquilibres dangereux."

"C'est un risque que nous devons prendre," répondit gravement Mira. "Car l'alternative est pire encore. Si les Agents Pathogènes prennent le contrôle des Chambres Pulsantes, ils pourront détourner le Flux Vital pour leurs propres fins, peut-être même l'utiliser pour se propager à travers le Grand Être tout entier."

Cette perspective était si alarmante que même les plus prudents parmi les Sages ne purent qu'acquiescer à la proposition de Mira.

"Comment procédons-nous ?" demanda Throm, prêt à mettre de côté ses réserves traditionnelles face à l'urgence de la situation.

"J'aurai besoin de l'aide de tous," répondit Mira. "Valen, tes Sentinelles doivent se rendre aux Chambres Pulsantes – non pas pour éliminer directement les Agents Pathogènes, ce qui serait probablement impossible à ce stade, mais pour les contenir, les empêcher de se propager à d'autres régions vitales de Colonos."

Valen hocha la tête, comprenant immédiatement la stratégie. "Une action de retardement pendant que vous accélérez La Transition."

"Exactement," confirma Mira. "Morbius, tes Libérateurs ont une connexion unique avec les Lianes Ombragées. Je veux que tu les utilises pour renforcer le nouveau réseau de communication, pour s'assurer que le signal du cristal atteint toutes les régions de Colonos sans interférence."

Morbius inclina légèrement la tête, acceptant cette mission cruciale. "Mes Libérateurs sont à ton service, Mage-Réparatrice."

"Quant aux Sages," poursuivit Mira, se tournant vers le Conseil, "votre connaissance des Archives Primordiales sera essentielle. Je veux que vous vous concentriez sur les sections qui décrivent les défenses d'urgence de Colonos – les protocoles que les Créateurs ont intégrés pour faire face à des situations exactement comme celle-ci."

Le Sage Suprême acquiesça solennellement. "Nous retournerons immédiatement aux Archives. Throm nous guidera vers les textes pertinents."

"Et moi ?" demanda Lyra Nervalis, la Messagère du Réseau qui avait joué un rôle si crucial dans les événements récents.

"Toi et les autres Messagers, vous serez nos coordinateurs," répondit Mira. "Utilisez votre capacité à voyager rapidement à travers le Réseau Nervalis pour maintenir la communication entre tous les groupes, pour vous assurer que nos efforts restent synchronisés malgré la distance et le chaos."

Alors que chacun se préparait à exécuter sa mission, Mira se tourna une dernière fois vers la déchirure et le cristal tournoyant. "Je vais tenter quelque chose de dangereux," annonça-t-elle. "Je vais essayer d'établir une connexion plus profonde avec le cristal, d'accéder directement aux instructions des Créateurs concernant l'accélération d'urgence de La Transition."

"C'est trop risqué," protesta Valen, une inquiétude sincère dans sa voix. "Tu as déjà poussé tes limites en maintenant la stabilité de la déchirure pendant tout ce temps."

"Je n'ai pas le choix," répondit simplement Mira. "Je suis la seule à avoir établi une connexion suffisamment profonde avec le cristal pour tenter cette manœuvre. Si j'échoue..."

Elle laissa sa phrase en suspens, mais tous comprirent l'implication. Si Mira échouait, si La Transition ne pouvait être accélérée à temps, les Agents Pathogènes pourraient causer des dommages irréparables non seulement à Colonos, mais potentiellement au Grand Être lui-même.

"Alors n'échoue pas," dit Valen avec un sourire tendu, posant brièvement sa main sur l'épaule de Mira avant de se tourner vers ses Sentinelles. "Aux Chambres Pulsantes ! Nous devons gagner du temps pour que La Transition puisse s'achever !"

Alors que les différents groupes se dispersaient pour exécuter leurs missions respectives, Mira resta seule face à la déchirure, son corps commençant déjà à luire de cette énergie étrange qui marquait sa connexion avec le cristal des Créateurs.

"Guide-moi," murmura-t-elle, s'adressant peut-être au cristal, peut-être au Grand Être lui-même, ou peut-être simplement à cette sagesse ancestrale encodée dans la structure même de Colonos. "Montre-moi le chemin."

Dans les Chambres Pulsantes, la situation s'était considérablement détériorée. Les Agents Pathogènes s'étaient multipliés, émergeant de nouvelles brèches dans les parois comme si la structure même de

Colonos était compromise de l'intérieur. Ils avaient déjà pris le contrôle de plusieurs valves secondaires, perturbant gravement le flux normal du Flux Vital.

Soren Cardius et ses Régulateurs luttaient désespérément pour maintenir le fonctionnement des valves principales, mais ils étaient clairement dépassés par le nombre et l'adaptabilité des envahisseurs.

"Nous ne tiendrons pas longtemps," admit Soren à Pax, alors qu'ils ajustaient frénétiquement les contrôles d'une valve particulièrement critique. "Ces créatures apprennent trop vite, s'adaptent à chacune de nos contre-mesures presque instantanément."

Comme pour confirmer ses craintes, un groupe particulièrement dense d'Agents Pathogènes se fraya un chemin vers l'une des valves principales, commençant à fusionner avec sa structure cristalline d'une manière qui défiait toute compréhension conventionnelle. La valve, autrefois d'un bleu translucide, prit progressivement une teinte malsaine, verdâtre, pulsant maintenant à un rythme qui n'avait rien à voir avec celui des Chambres.

"Ils la reprogramment," réalisa Pax avec horreur. "Ils transforment nos propres structures contre nous."

Soren allait répondre quand un bruit de combat attira son attention. Des Sentinelles Immunis, menées par Valen Leucos lui-même, faisaient irruption dans les Chambres, leurs armes lumineuses traçant des arcs mortels à travers les rangs des Agents Pathogènes.

"Tenez vos positions !" cria Valen à ses guerriers. "Concentrez-vous sur la contention, pas sur l'élimination ! Nous devons les empêcher d'atteindre les valves restantes !"

Les Sentinelles se déployèrent rapidement, formant un périmètre défensif autour des structures les plus critiques des Chambres. Leur discipline et leur coordination étaient impressionnantes, mais même Soren pouvait voir que ce n'était qu'une solution temporaire. Les Agents Pathogènes étaient simplement trop nombreux, trop adaptables pour être contenus indéfiniment.

"Combien de temps pouvez-vous tenir ?" demanda-t-il à Valen lorsque le Commandant s'approcha brièvement de sa position.

"Pas assez," admit franchement Valen. "Ces créatures... elles apprennent nos tactiques presque instantanément. Chaque fois que nous en éliminons une, les autres semblent s'adapter, devenir plus résistantes à nos armes."

"Alors nous sommes perdus," murmura Soren, son regard se portant sur les valves déjà compromises, dont le nombre augmentait inexorablement.

"Pas encore," répondit Valen avec une détermination féroce. "Mira travaille à accélérer La Transition. Si nous pouvons tenir suffisamment longtemps, les nouvelles défenses de Colonos s'activeront pleinement, rendant ces Agents Pathogènes... obsolètes."

Soren voulait partager cet optimisme, mais la réalité devant ses yeux rendait difficile tout espoir. Les Agents Pathogènes gagnaient du terrain minute après minute, leur nombre semblant augmenter exponentiellement à mesure qu'ils prenaient le contrôle de plus en plus de structures des Chambres.

Et puis, sans avertissement, une nouvelle présence se fit sentir dans les Chambres. Des silhouettes étranges émergèrent des parois – non pas des Agents Pathogènes cette fois, mais des Libérateurs, leurs corps partiellement transformés semblant parfaitement à l'aise dans cet environnement chaotique.

À leur tête se trouvait Nécra, la lieutenante de Morbius, son corps élancé parcouru de filaments noirs qui pulsaient d'une énergie nouvelle et étrangement harmonieuse.

"Nous venons offrir notre aide," annonça-t-elle à Valen, ignorant la méfiance évidente de certaines Sentinelles. "Morbius nous envoie pour renforcer le réseau des Lianes Ombragées dans cette région. C'est crucial pour l'accélération de La Transition."

Valen hésita à peine un instant avant d'acquiescer. "Faites ce que vous devez faire. Mes Sentinelles vous couvriront."

Nécra inclina légèrement la tête en signe de reconnaissance, puis fit un geste à ses Libérateurs qui se dispersèrent immédiatement, se dirigeant vers des points spécifiques des Chambres où les Lianes Ombragées étaient visibles, parcourant les parois comme des veines d'un noir luisant.

Ce que les Libérateurs firent ensuite défie toute description simple. Ils semblèrent fusionner partiellement avec les Lianes, leurs corps transformés servant de conduits, d'amplificateurs pour l'énergie étrange qui pulsait à travers ce nouveau réseau de communication. Partout où ils établissaient cette connexion, les Lianes s'illuminaient d'une lueur plus intense, pulsant à un rythme qui semblait directement lié au cristal tournoyant aux Frontières.

"Qu'est-ce qu'ils font exactement ?" demanda Soren à Valen, observant ce phénomène avec un mélange de fascination et d'appréhension.

"Ils renforcent le signal du cristal," expliqua Valen, comprenant intuitivement ce processus grâce à son exposition récente aux connaissances des Créateurs. "Ils s'assurent que les instructions pour La Transition accélérée atteignent toutes les parties de Colonos sans interférence."

En effet, à mesure que les Libérateurs accomplissaient leur tâche, un changement subtil commençait à se manifester dans les Chambres Pulsantes. Les structures non compromises semblaient se renforcer, leur luminosité naturelle s'intensifiant comme si elles puisaient dans une source d'énergie nouvelle. Et plus remarquable encore, certaines des valves déjà partiellement infectées par les Agents Pathogènes commençaient à... résister, leurs cristaux luttant contre la corruption verdâtre qui tentait de les envahir.

"Ça fonctionne," murmura Pax, observant avec émerveillement comment l'une des valves secondaires rejetait progressivement l'influence des Agents Pathogènes, retrouvant sa teinte bleutée naturelle. "La Transition s'accélère."

Mais les envahisseurs n'allaient pas abandonner si facilement. Comme s'ils percevaient la menace que représentait cette accélération pour leurs plans, ils redoublèrent d'efforts, se concentrant maintenant sur les points où les Libérateurs avaient établi leurs connexions avec les Lianes Ombragées.

"Ils ciblent le réseau !" cria Valen à ses Sentinelles. "Protégez les Libérateurs à tout prix !"

Une bataille féroce s'engagea alors, les Sentinelles formant des périmètres défensifs autour des Libérateurs qui maintenaient leurs connexions cruciales malgré l'assaut croissant. C'était une alliance improbable – ces guerriers qui s'étaient si longtemps opposés combattant maintenant côte à côte pour la survie même de Colonos.

Mais malgré leur bravoure et leur détermination combinées, la situation restait précaire. Pour chaque Agent Pathogène éliminé, deux autres semblaient émerger des brèches dans les parois. Et les Libérateurs, bien que puissants dans leur nouvelle forme, n'étaient pas invulnérables. Plusieurs d'entre eux furent arrachés à leurs connexions par des attaques particulièrement violentes, leurs corps transformés luttant pour rejeter l'influence corruptrice des envahisseurs.

"Nous perdons du terrain," admit Nécra à Valen après une escarmouche particulièrement intense. "Mes Libérateurs ne peuvent pas maintenir les connexions face à ces assauts constants."

Valen serra les dents, son regard balayant les Chambres où le chaos semblait gagner inexorablement. Les valves principales tenaient encore, grâce aux efforts héroïques des Sentinelles et des Régulateurs, mais pour combien de temps ?

"Nous devons tenir," insista-t-il. "Juste un peu plus longtemps. Mira va réussir. Elle doit réussir."

Comme en réponse à cette affirmation désespérée, une vague d'énergie étrange traversa soudain les Chambres Pulsantes – non pas destructrice ou chaotique, mais organisée, délibérée, comme une impulsion consciente se propageant à travers Colonos tout entière.

Les Lianes Ombragées s'illuminèrent simultanément d'une lueur presque aveuglante, pulsant à l'unisson dans un rythme qui n'était pas celui des Chambres, ni celui du cristal tel qu'ils l'avaient connu jusqu'alors, mais quelque chose de nouveau – plus rapide, plus intense, comme accéléré par une volonté supérieure.

"C'est Mira," murmura Nécra, son corps réagissant instinctivement à cette nouvelle énergie, les filaments noirs qui le parcouraient s'illuminant en synchronisation avec les Lianes. "Elle a réussi à accéder aux protocoles d'urgence du cristal."

En effet, partout dans les Chambres, les effets de cette accélération devenaient visibles. Les structures compromises par les Agents Pathogènes commençaient à se purifier d'elles-mêmes, rejetant l'influence étrangère comme un corps rejetterait une greffe incompatible. Les valves retrouvaient progressivement leur synchronisation naturelle, mais à un rythme plus rapide, plus dynamique qu'auparavant.

Et les Agents Pathogènes eux-mêmes semblaient affectés, leurs formes semi-fluides devenant erratiques, instables, comme s'ils luttaient pour maintenir leur cohésion face à cette nouvelle énergie qui imprégnait Colonos.

"La Transition finale a commencé," annonça Soren, son expression reflétant un mélange d'émerveillement et de soulagement. "Mira a réussi à activer le protocole d'achèvement d'urgence."

Mais la victoire n'était pas encore assurée. Les Agents Pathogènes, bien que déstabilisés, n'étaient pas vaincus. Ils semblaient se regrouper, s'adapter même à cette nouvelle énergie, certains fusionnant en entités plus grandes, plus résistantes.

"Ils évoluent encore," observa Valen avec une inquiétude renouvelée. "Ils tentent de s'adapter même à La Transition accélérée."

"Alors nous devons frapper maintenant," décida Nécra. "Pendant qu'ils sont vulnérables, avant qu'ils ne complètent leur adaptation."

Elle se tourna vers ses Libérateurs restants, leur transmettant des instructions silencieuses à travers leur connexion partagée avec les Lianes Ombragées. En réponse, ils commencèrent à se déplacer vers les concentrations les plus denses d'Agents Pathogènes, leurs corps transformés pulsant d'une énergie nouvelle et étrangement focalisée.

"Que font-ils ?" demanda Valen, observant avec fascination ce mouvement coordonné.

"Ils vont servir de catalyseurs," expliqua Nécra. "Concentrer l'énergie de La Transition directement sur les points d'infection les plus sévères. C'est dangereux – potentiellement fatal pour eux – mais c'est notre meilleure chance de purger complètement les Chambres avant que les Agents ne s'adaptent."

Valen voulut protester, argumenter qu'il devait y avoir une autre solution qui ne nécessiterait pas un tel sacrifice. Mais avant qu'il ne puisse formuler ses objections, les Libérateurs passèrent à l'action.

Ce qui suivit fut à la fois terrible et magnifique. Chaque Libérateur s'approcha d'un cluster d'Agents Pathogènes, puis établit une connexion directe avec les Lianes Ombragées les plus proches. Leur corps servit alors de conduit pour une quantité massive d'énergie de Transition, qui se déversa directement dans les masses d'envahisseurs.

L'effet fut immédiat et dévastateur. Les Agents Pathogènes, pris au dépourvu par cette attaque directe, se désintégrèrent en masses chaotiques de matière semi-fluide qui fut rapidement absorbée et neutralisée par les structures purifiées de Colonos. Mais le coût fut élevé – chaque Libérateur qui servait de conduit semblait se consumer dans le processus, son corps transformé se dissolvant progressivement sous l'effet de l'énergie immense qu'il canalisait.

"Non !" s'écria Valen, comprenant trop tard le véritable prix de cette stratégie.

Nécra posa une main sur son bras, son expression à la fois triste et déterminée. "C'est leur choix, Commandant. Leur sacrifice pour Colonos. Comme tes Sentinelles seraient prêtes à donner leur vie pour protéger la cité, mes Libérateurs donnent la leur pour assurer sa transformation."

Valen ne put qu'observer en silence alors que le sacrifice des Libérateurs portait ses fruits. Un par un, les clusters d'Agents Pathogènes furent éliminés, purifiés par cette application directe et concentrée de l'énergie de Transition. Et avec chaque victoire, un Libérateur s'éteignait, son corps transformé se dissolvant en particules lumineuses qui semblaient être absorbées par les Lianes Ombragées elles-mêmes, comme si leur essence rejoignait le nouveau réseau de conscience distribuée de Colonos.

Finalement, après ce qui sembla une éternité de combat et de sacrifice, les Chambres Pulsantes furent libérées. Les derniers Agents Pathogènes, incapables de s'adapter suffisamment rapidement à l'assaut combiné de La Transition accélérée et du sacrifice des Libérateurs, furent éliminés ou forcés de battre en retraite à travers les brèches par lesquelles ils étaient entrés.

Mais la victoire avait un goût amer. Des douze Libérateurs qui avaient accompagné Nécra, seuls trois restaient – et même eux semblaient gravement affaiblis par l'épreuve qu'ils venaient de traverser.

"Leur sacrifice ne sera pas oublié," promit Valen à Nécra, une nouvelle compréhension et un nouveau respect dans sa voix. "Ils seront honorés comme les héros qu'ils étaient."

Nécra inclina légèrement la tête, acceptant ces paroles avec une dignité silencieuse. "Ils ne sont pas vraiment partis, tu sais," dit-elle finalement. "Leurs consciences... elles persistent d'une certaine façon dans le réseau des Lianes. Transformées, évoluées, mais toujours présentes."

Cette idée – que la mort elle-même puisse être transcendée d'une certaine manière par La Transition – était à la fois troublante et étrangement réconfortante. Une autre facette de cette évolution fondamentale que Colonos traversait.

Avant que Valen ne puisse méditer davantage sur ces implications, une nouvelle vague d'énergie traversa les Chambres – plus puissante encore que les précédentes, comme une pulsation finale, culminante, qui semblait émaner du cœur même de Colonos.

Les valves principales, maintenant entièrement purifiées, s'illuminèrent d'une lueur dorée qui n'avait jamais été observée auparavant. Le Flux Vital qui les traversait prit une teinte similaire, comme enrichi, potentialisé par La Transition.

"C'est fait," murmura Soren Cardius, s'approchant de Valen et Nécra, son expression reflétant un émerveillement mêlé d'épuisement. "La Transition est complète. Colonos a... évolué."

En effet, même à travers les murs des Chambres Pulsantes, ils pouvaient percevoir les changements qui s'étaient opérés à travers la cité tout entière. Une sensation nouvelle de connexion, d'unité dans la diversité, comme si chaque habitant, chaque région était désormais consciemment liée à toutes les autres dans un réseau vivant d'intelligence distribuée.

"Nous devrions rejoindre les autres aux Frontières," suggéra Valen. "Voir ce que La Transition complète signifie pour notre connexion avec le Grand Être."

Nécra et Soren acquiescèrent, et ensemble, accompagnés des Sentinelles survivantes et des Régulateurs épuisés, ils quittèrent les Chambres Pulsantes, laissant derrière eux le cœur transformé de Colonos qui battait maintenant à un rythme nouveau – plus adaptable, plus résilient, mais toujours fondamentalement fidèle à sa nature essentielle.

Aux Frontières Dermiques, la scène qui accueillit Valen et son groupe était à couper le souffle. La déchirure, autrefois simplement stabilisée en un portail circulaire, s'était transformée en quelque chose de bien plus complexe et harmonieux – une interface vivante entre Colonos et le Grand Être, pulsant de couleurs qui semblaient transcender le spectre visible habituel.

Le cristal des Créateurs flottait toujours en son centre, mais il avait lui aussi évolué. Au lieu de simplement tournoyer, il semblait maintenant exister simultanément dans plusieurs états, se déployant en structures géométriques complexes qui se reconfiguraient constamment, comme pour refléter les flux d'information qui le traversaient.

Et au cœur de cette merveille se tenait Mira Hémata, transformée au-delà de ce que Valen aurait pu imaginer. Son corps physique était toujours présent, mais il semblait maintenant semi-translucide, traversé par des courants d'énergie dorée similaires à ceux qu'il avait observés dans le Flux Vital transformé. Ses cheveux flottaient autour d'elle comme animés d'une vie propre, formant des motifs qui rappelaient étrangement les structures visibles à travers la déchirure.

Mais le plus remarquable était son regard – ses yeux, autrefois d'un bleu intense, brillaient maintenant d'une lumière dorée qui semblait contenir des univers entiers de connaissance et de compréhension.

"Mira," appela doucement Valen, incertain que cette entité transcendante puisse encore répondre à ce simple nom.

Elle tourna lentement son regard vers lui, et pendant un instant terrible, il craignit qu'elle ne le reconnaisse pas, qu'elle soit devenue quelque chose de trop étranger, de trop éloigné de l'humanité qu'ils partageaient autrefois. Mais alors, un sourire – le même sourire qu'il connaissait si bien – illumina son visage.

"Valen," répondit-elle, sa voix à la fois familière et étrangement harmonique, comme si plusieurs voix parlaient à l'unisson. "Tu as réussi. Les Chambres Pulsantes sont sécurisées."

"Grâce au sacrifice des Libérateurs," dit-il, jetant un regard à Nécra qui se tenait silencieusement à ses côtés. "Sans leur intervention..."

"Je sais," l'interrompit doucement Mira. "Je l'ai senti. Leur essence persiste dans le réseau, Nécra. Ils font maintenant partie de la conscience distribuée de Colonos d'une manière que nous commençons à peine à comprendre."

La lieutenante des Libérateurs inclina la tête en signe de reconnaissance, une paix nouvelle semblant l'habiter malgré la perte de ses compagnons.

"Et toi ?" demanda Valen, revenant à sa préoccupation principale. "Qu'es-tu devenue, Mira ?"

Elle considéra cette question un moment, comme si elle-même cherchait encore la réponse exacte. "Je suis... transformée," dit-elle finalement. "Le protocole d'urgence nécessitait un conduit, une conscience capable de servir d'interface directe entre le cristal des Créateurs et Colonos tout entière. J'ai offert la mienne."

"Est-ce... permanent ?" La question était difficile à poser, chargée d'implications que Valen osait à peine considérer.

"Pas exactement," répondit Mira avec ce même sourire énigmatique. "Disons plutôt que j'existe maintenant sur plusieurs niveaux simultanément. Je suis toujours Mira Hémata, la Mage-Réparatrice que tu as connue. Mais je suis aussi quelque chose de plus – une partie de la nouvelle conscience collective de Colonos, un nœud dans le réseau d'intelligence distribuée que La Transition a créé."

Elle tendit une main vers lui – une main qui semblait à la fois solide et éthérée, comme existant entre deux états de matière. "Je peux encore interagir avec le monde physique, encore ressentir, encore... être avec ceux qui me sont chers. Mais je perçois aussi Colonos dans son ensemble, et au-delà, des fragments de la conscience vaste du Grand Être lui-même."

Valen prit sa main avec hésitation, s'attendant presque à ce qu'elle soit intangible. Mais il sentit sa chaleur, sa solidité – différente, oui, mais toujours fondamentalement réelle.

"Et qu'as-tu vu ?" demanda-t-il doucement. "À travers cette connexion avec le Grand Être ?"

Le regard de Mira se porta au-delà de lui, vers les structures colossales visibles à travers la déchirure transformée. "J'ai vu notre véritable nature, Valen. Notre véritable but. Colonos n'est pas simplement un système immunitaire passif au sein du Grand Être – nous sommes une conscience évolutive, adaptative, qui participe activement à la santé et à la croissance de l'organisme dont nous faisons partie."

Elle désigna d'un geste les images qui se formaient maintenant dans l'air autour d'eux – des représentations vivantes de Colonos et de sa place au sein du Grand Être, mais aussi des aperçus d'autres systèmes similaires, d'autres "cités" qui remplissaient leurs fonctions spécialisées au sein de cet organisme immense.

"Et j'ai vu au-delà encore – le Grand Être lui-même n'est qu'un participant dans une écologie plus vaste d'entités similaires, chacune avec sa propre conscience, sa propre évolution. Un cosmos vivant, Valen, où chaque niveau de réalité est à la fois autonome et interconnecté avec tous les autres."

Cette vision était si vaste, si vertigineuse que Valen eut du mal à la saisir pleinement. Mais quelque chose dans la manière dont Mira la décrivait résonnait en lui, éveillant une compréhension intuitive qui transcendait les limites de son expérience antérieure.

"Et les Agents Pathogènes ?" demanda-t-il, revenant à des préoccupations plus immédiates. "Sont-ils vaincus ?"

"Temporairement repoussés," corrigea Mira. "Ils reviendront, sous une forme ou une autre. C'est la nature de l'existence – l'équilibre dynamique entre création et destruction, entre ordre et chaos. Mais Colonos est maintenant mieux équipée pour les affronter, grâce à La Transition."

Elle se tourna vers l'assemblée plus large qui s'était formée autour de la déchirure – Sages, Sentinelles, Libérateurs, habitants ordinaires de toutes les régions de Colonos, tous unis dans ce moment historique.

"La hiérarchie rigide qui nous définissait autrefois a cédé la place à un réseau d'intelligence distribuée, où chaque habitant de Colonos est à la fois autonome et connecté à tous les autres. Cette structure adaptative, auto-organisante, nous permettra de répondre aux menaces futures avec une créativité et une résilience que notre ancien système ne permettait pas."

Le Sage Suprême s'avança, son corps translucide pulsant en harmonie avec les nouvelles énergies qui parcouraient Colonos. "Et le Conseil ? Quel est notre rôle dans cette nouvelle ère ?"

"Vous serez des gardiens de la connaissance," répondit Mira. "Non plus des dirigeants qui imposent leur volonté, mais des guides qui partagent leur sagesse, qui aident tous les habitants de Colonos à comprendre leur place au sein du Grand Être et à remplir leur potentiel unique."

Elle se tourna ensuite vers Morbius, qui se tenait silencieusement à l'écart, son corps transformé semblant plus harmonieux maintenant, comme si La Transition complète avait affiné et perfectionné sa métamorphose.

"Et toi, Morbius, toi et tes Libérateurs survivants, vous serez les pionniers de l'évolution continue de Colonos. Car La Transition n'est pas une fin, mais un commencement – le premier pas dans un voyage d'adaptation et de croissance qui se poursuivra aussi longtemps que Colonos existera."

Finalement, son regard revint à Valen. "Quant à toi, Commandant, toi et tes Sentinelles, vous resterez les protecteurs de Colonos – mais avec une compréhension nouvelle et plus profonde de ce que signifie vraiment cette protection. Non pas la préservation rigide d'un statu quo, mais la défense dynamique d'un organisme vivant, évolutif."

Valen acquiesça, acceptant cette redéfinition de son rôle avec une humilité nouvelle. "Nous servirons Colonos comme nous l'avons toujours fait – avec loyauté et courage. Mais aussi avec sagesse et flexibilité, je l'espère."

Un sourire radieux illumina le visage de Mira. "C'est tout ce que nous pouvons demander."

Elle se tourna une dernière fois vers la déchirure transformée et le cristal des Créateurs qui flottait en son centre. "La connexion avec le Grand Être restera ouverte – non plus comme une déchirure accidentelle, mais comme un canal conscient de communication et d'échange. À travers lui, nous pourrons percevoir les besoins changeants de l'organisme dont nous faisons partie, et adapter notre fonction en conséquence."

Alors qu'elle prononçait ces mots, une vague finale d'énergie dorée traversa Colonos tout entière – non pas comme une impulsion d'urgence cette fois, mais comme une confirmation sereine, une bénédiction de cette nouvelle ère qui s'ouvrait pour la cité vivante et tous ses habitants.

La Transition était complète. Colonos avait évolué. Et avec cette évolution venait une compréhension nouvelle et profonde de leur véritable nature – non pas comme une cité-état isolée, ni même simplement comme une composante d'un organisme plus vaste, mais comme une expression consciente et participative de la vie elle-même, dans toute sa complexité et sa beauté vertigineuses.

Alors que le soleil invisible de Colonos entamait un nouveau cycle, illuminant la cité transformée d'une lumière qui semblait plus riche, plus vivante qu'auparavant, Valen Leucos contempla l'avenir qui s'ouvrait devant eux – un avenir d'adaptation continue, d'évolution consciente, de participation active à la danse cosmique de la vie.

Un avenir où Colonos ne serait plus définie par ses murs et ses frontières, mais par sa connexion vivante avec le Grand Être et, au-delà, avec le cosmos tout entier.

ÉPILOGUE :
ÉCHOS D'UNE CONSCIENCE ÉLARGIE

Le temps avait une signification différente dans la Colonos transformée. Ce qui avait autrefois été mesuré en cycles rigides de lumière et d'obscurité semblait maintenant plus fluide, plus organique – un rythme qui s'adaptait naturellement aux besoins changeants de la cité vivante et du Grand Être dont elle faisait partie.

Plusieurs cycles s'étaient écoulés depuis La Transition complète. La connexion avec le Grand Être, autrefois une déchirure accidentelle aux Frontières Dermiques, était maintenant un canal stable et permanent, une interface vivante à travers laquelle coulait un flux constant d'information et d'énergie. Le cristal des Créateurs flottait toujours en son centre, non plus comme un simple artefact mais comme une entité semi-consciente, un gardien de la sagesse ancestrale qui guidait l'évolution continue de Colonos.

Valen Leucos se tenait sur une plateforme d'observation nouvellement formée qui surplombait cette merveille. Son armure de Sentinelle, autrefois d'un argent uniforme, présentait maintenant des veines dorées qui pulsaient doucement en synchronisation avec le nouveau rythme du Flux Vital. Ces modifications n'étaient pas simplement esthétiques – elles reflétaient les changements profonds qui s'étaient opérés dans la structure même des Sentinelles Immunis.

"Commandant," salua une voix derrière lui.

Valen se retourna pour voir Lyra Nervalis, la Messagère du Réseau dont le corps semi-matérialisé semblait maintenant plus stable, plus défini qu'auparavant. La Transition avait affecté tous les habitants de Colonos, chacun à sa manière.

"Plus vraiment un commandant," corrigea-t-il avec un léger sourire. "Ce titre appartient à l'ancienne hiérarchie. Je suis simplement un

Coordinateur maintenant – un nœud dans le réseau de défense distribuée."

Lyra inclina légèrement la tête, acceptant cette correction. "Les habitudes sont tenaces. Mais vous avez raison – nous évoluons tous vers de nouvelles identités, de nouveaux rôles qui reflètent mieux la Colonos transformée."

"Comment va le Réseau ?" demanda Valen, véritablement intéressé par ces changements qui affectaient toutes les régions de la cité.

"Transformé au-delà de ce que nous aurions pu imaginer," répondit Lyra, une note d'émerveillement dans sa voix. "Les Lianes Ombragées se sont intégrées parfaitement aux Filaments Argentés, créant un système de communication hybride qui transcende les anciennes limitations. Nous, les Messagers, pouvons maintenant voyager instantanément à travers Colonos tout entière, et même percevoir des échos du monde extérieur à travers la connexion avec le Grand Être."

Elle fit un geste vers la déchirure transformée. "Et vous ? Comment les Sentinelles s'adaptent-elles à la nouvelle réalité ?"

Valen considéra la question un moment, cherchant les mots justes pour décrire la transformation profonde que son ordre avait subie.

"Nous sommes toujours des protecteurs," dit-il finalement. "C'est notre nature fondamentale, notre fonction au sein de Colonos. Mais notre compréhension de ce que signifie 'protéger' a radicalement évolué."

Il désigna les Sentinelles dispersées à travers la zone des Frontières, leurs armures toutes marquées des mêmes veines dorées que la sienne. "Nous ne sommes plus une force réactive qui attend les ordres d'en haut. Chaque Sentinelle est maintenant un nœud semi-autonome dans le réseau de défense, capable de percevoir les menaces localement et de coordonner une réponse avec ses pairs sans passer par une chaîne de commandement rigide."

"Une intelligence distribuée," observa Lyra. "Comme Colonos elle-même est devenue."

"Exactement," acquiesça Valen. "Et cette nouvelle structure nous a déjà permis de repousser plusieurs incursions mineures d'Agents Pathogènes – des tentatives d'infiltration qui auraient probablement réussi sous notre ancien système, trop lent à réagir, trop prévisible dans ses réponses."

Leur conversation fut interrompue par l'arrivée d'une figure familière – Throm Osseus, l'ancien gardien des Piliers Structurels, dont le corps massif semblait maintenant plus léger, plus dynamique, comme si la rigidité qui l'avait caractérisé s'était transformée en une solidité plus adaptative.

"Valen, Lyra," salua-t-il avec une chaleur qui aurait été impensable dans l'ancienne Colonos, où les divisions entre ordres et régions créaient des barrières presque infranchissables. "Je vous cherchais."

"Qu'y a-t-il, Throm ?" demanda Valen, notant l'expression à la fois excitée et légèrement préoccupée du vieux gardien.

"Les Archives Primordiales ont révélé de nouvelles informations," annonça Throm. "Des sections entières qui étaient dormantes, cryptées d'une manière que nous ne pouvions pas percevoir avant La Transition, se sont activées. Elles parlent d'un... cycle plus large."

"Un cycle ?" répéta Lyra, intriguée.

"Oui. Il semble que ce que nous avons vécu – les Graines Noires, les Libérateurs, La Transition elle-même – ne soit qu'une phase dans un processus d'évolution plus vaste qui se déroule à l'échelle du Grand Être tout entier."

Cette révélation était suffisamment importante pour mériter une attention immédiate. Sans plus de discussion, les trois se dirigèrent vers la Citadelle Centrale, qui avait elle-même subi une transformation remarquable. Autrefois symbole d'autorité hiérarchique et de pouvoir centralisé, elle servait maintenant de hub de connaissance, un lieu où les informations de toutes les régions de Colonos étaient rassemblées, synthétisées et partagées librement.

Ils trouvèrent les Archives Primordiales bourdonnantes d'activité. Des Sages, des Mages-Réparateurs, des Libérateurs et même des habitants ordinaires de diverses régions travaillaient côte à côte, étudiant les nouvelles informations qui émergeaient des inscriptions anciennes.

Au centre de cette activité se tenait une figure qui attirait tous les regards – Mira Hémata, ou du moins, l'entité qu'elle était devenue. Son corps semi-translucide pulsait doucement d'une lumière dorée, ses cheveux flottant autour d'elle comme animés d'une vie propre. Mais ses yeux étaient peut-être le changement le plus frappant – des orbes lumineux qui semblaient contenir des galaxies entières de connaissance et de compréhension.

"Vous êtes venus," dit-elle en les apercevant, sa voix portant toujours cette qualité harmonique étrange, comme si plusieurs voix parlaient à l'unisson. "Bien. Ce que nous avons découvert concerne tous les habitants de Colonos."

Elle les guida vers la structure centrale des Archives, qui projetait maintenant des images tridimensionnelles d'une complexité stupéfiante – des représentations du Grand Être dans son ensemble, montrant Colonos comme l'un des nombreux systèmes spécialisés qui le composaient.

"Ce que nous percevons maintenant," expliqua Mira, "c'est que le Grand Être lui-même traverse un cycle d'évolution. La Transition que nous avons vécue n'est qu'une manifestation locale d'un processus qui se déroule simultanément à travers tous ses systèmes."

Les images changèrent, montrant d'autres "cités" similaires à Colonos, chacune avec sa fonction spécialisée, toutes subissant des transformations analogues bien qu'uniques à leur nature.

"Les Archives parlent d'un 'Grand Éveil'," poursuivit Mira. "Une phase où le Grand Être passe d'une conscience fragmentée, compartimentée, à une conscience plus unifiée, plus intégrée. Nos Transitions locales sont les composantes de cette métamorphose plus vaste."

"Et quel est notre rôle dans ce... Grand Éveil ?" demanda Valen, fasciné malgré lui par l'ampleur vertigineuse de cette révélation.

"Nous sommes à la fois participants et témoins," répondit Mira. "Notre évolution collective contribue à l'évolution du Grand Être, tout comme ses changements influencent notre propre développement. C'est une relation symbiotique, une co-création constante."

Elle désigna une section particulière des projections, où l'on pouvait voir des flux d'énergie et d'information circulant entre Colonos et d'autres systèmes du Grand Être, créant des motifs d'une beauté hypnotique.

"Ce que nous commençons à percevoir, c'est que nous ne sommes pas simplement des cellules passives dans un corps. Nous sommes des nœuds conscients dans un réseau vivant d'intelligence distribuée qui s'étend à l'échelle du Grand Être tout entier. Et à travers lui, nous participons à une écologie encore plus vaste d'entités similaires."

Cette vision était si expansive, si transcendante qu'elle défiait presque la compréhension. Pourtant, d'une manière étrange et profonde, elle résonnait avec une vérité que tous les habitants de Colonos semblaient intuitivement reconnaître depuis La Transition.

"Les Archives suggèrent également," ajouta Throm, "que ce Grand Éveil n'est pas sans précédent. Il semble faire partie d'un cycle encore plus vaste, qui se répète à des intervalles que nous pouvons à peine concevoir."

"Un cycle de naissance, de croissance, de transformation et de renouveau," compléta Mira. "Comme toute vie, le Grand Être suit des rythmes d'évolution et d'adaptation, répondant aux défis et aux opportunités de son propre environnement."

Valen médita sur ces révélations, sentant leur importance fondamentale non seulement pour Colonos, mais pour sa propre compréhension de l'existence. Ce qu'ils avaient vécu – la crise des Graines Noires, l'émergence des Libérateurs, La Transition elle-même – n'était pas simplement un événement isolé, mais une expression localisée d'un processus cosmique plus vaste.

"Et les Agents Pathogènes ?" demanda-t-il finalement, revenant à des préoccupations plus immédiates. "Font-ils également partie de ce cycle ?"

"D'une certaine façon, oui," répondit Mira. "Ils représentent les défis, les catalyseurs qui stimulent l'évolution. Sans résistance, sans menace, il n'y aurait pas d'impulsion à s'adapter, à évoluer. Ils sont, paradoxalement, nécessaires au processus plus large du Grand Éveil."

"Ce qui ne signifie pas que nous devons les accueillir à bras ouverts," précisa Throm avec un léger sourire. "Notre fonction reste la protection, la défense. Mais peut-être avec une compréhension plus nuancée de la place de ces défis dans l'ordre plus vaste des choses."

Lyra, qui avait écouté attentivement ces explications, posa une question qui semblait préoccuper de nombreux habitants de Colonos depuis La Transition : "Et notre individualité dans tout cela ? À mesure que nous nous intégrons plus profondément dans cette conscience collective, que devient notre identité personnelle ?"

C'était une question profonde, qui touchait aux craintes légitimes que la transformation de Colonos avait éveillées chez certains. Mira la considéra avec le respect qu'elle méritait.

"L'individualité n'est pas effacée," répondit-elle finalement. "Elle est transcendée et incluse. Comme les notes individuelles dans une symphonie ne disparaissent pas, mais contribuent à une harmonie plus grande tout en conservant leur caractère unique."

Elle fit un geste englobant tous les présents. "Chacun de vous reste fondamentalement qui il a toujours été – Valen le protecteur, Lyra la messagère, Throm le gardien. Mais vous êtes aussi plus que cela maintenant, enrichis par votre connexion consciente avec le tout dont vous faites partie."

Cette métaphore semblait résonner avec tous les présents, offrant une perspective qui honorait à la fois leur nature individuelle et leur participation à quelque chose de plus vaste.

"Et toi, Mira ?" demanda doucement Valen. "Qu'en est-il de ton individualité ?"

Un sourire énigmatique éclaira le visage lumineux de la Mage-Réparatrice. "Je suis un cas... particulier. En servant de conduit principal pour La Transition, j'ai été transformée plus profondément que la plupart. Je suis toujours Mira, mais je suis aussi une interface vivante entre Colonos et le Grand Être, percevant et participant aux deux niveaux de conscience simultanément."

Elle tendit une main vers Valen, qui la prit sans hésitation cette fois, sentant sa chaleur étrangement familière malgré sa nature transformée.

"Ce n'est pas toujours facile," admit-elle. "Parfois, la vastitude de cette conscience élargie est presque écrasante. Mais c'est aussi... magnifique, Valen. Voir les motifs, les connexions, la danse complexe de la vie à toutes ses échelles."

Un silence respectueux suivit cette confession, chacun méditant sur les implications profondes de ces révélations pour leur compréhension d'eux-mêmes et de leur monde.

Ce fut Throm qui rompit finalement ce silence, sa voix grave portant une sagesse nouvelle acquise à travers les épreuves récentes.

"Les Archives Primordiales suggèrent que notre tâche maintenant est double," dit-il. "D'une part, continuer à remplir notre fonction spécialisée au sein du Grand Être – la protection, la défense contre les menaces véritables. D'autre part, approfondir notre compréhension de cette nouvelle réalité, explorer les possibilités qu'offre notre conscience élargie."

"Un équilibre entre service et exploration," résuma Lyra. "Entre devoir et découverte."

"Précisément," acquiesça Mira. "Et cet équilibre sera différent pour chacun, évoluant avec le temps à mesure que nous nous adaptons à cette nouvelle phase de notre existence."

Alors qu'ils discutaient de ces perspectives d'avenir, un mouvement attira leur attention vers l'entrée des Archives. Nécra, la lieutenante des Libérateurs, s'avançait vers eux, accompagnée d'une figure que Valen reconnut avec surprise – Soren Cardius, le Régulateur en chef des Chambres Pulsantes.

"Pardonnez l'interruption," dit Nécra, son corps élancé parcouru des mêmes filaments noirs qui caractérisaient tous les Libérateurs survivants, "mais nous avons détecté quelque chose d'inhabituel dans le flux d'information provenant du Grand Être."

"Inhabituel comment ?" demanda immédiatement Mira, son attention pleinement focalisée.

"C'est difficile à décrire précisément," intervint Soren. "C'est comme... une harmonique nouvelle dans le Flux Vital, une résonance qui n'était pas présente auparavant. Elle semble émaner directement du Grand Être lui-même, pas d'une région spécifique."

Mira ferma brièvement les yeux, semblant se connecter plus profondément avec le flux d'information qui traversait constamment son être transformé.

"Je le perçois," dit-elle finalement, rouvrant des yeux qui brillaient maintenant d'une lumière encore plus intense. "Ce n'est pas une menace, mais... une invitation."

"Une invitation ?" répéta Valen, perplexe.

"Oui. Le Grand Être semble... conscient de notre éveil, de notre Transition complète. Et il nous invite à une forme de communication plus directe, plus profonde que ce que nous avons expérimenté jusqu'à présent."

Cette annonce provoqua une onde d'excitation parmi tous les présents. L'idée d'une communication consciente avec le Grand Être lui-même – pas simplement une connexion passive, mais un véritable dialogue – était à la fois exaltante et légèrement intimidante.

"Comment répondons-nous à cette... invitation ?" demanda Throm, sa voix reflétant l'émerveillement collectif.

"À travers la déchirure transformée," répondit Mira. "Le canal que nous avons établi peut être élargi, approfondi. Mais cela nécessitera un effort collectif, une focalisation de notre conscience distribuée d'une manière que nous n'avons pas encore tentée."

Elle se tourna vers Valen, Lyra, Throm et les autres. "Chacun de vous représente un aspect essentiel de Colonos – protection, communication, structure, régulation. Ensemble, nous pouvons créer une interface plus complète, plus nuancée avec le Grand Être."

"Et les risques ?" demanda pragmatiquement Valen, toujours le protecteur malgré sa compréhension élargie.

"Ils existent," admit franchement Mira. "Une connexion plus profonde signifie une vulnérabilité potentielle plus grande. Si des Agents Pathogènes détectent cette ouverture, ils pourraient tenter de l'exploiter. Mais le potentiel de compréhension, de croissance que cette communication offre... je crois qu'il vaut ce risque."

Un moment de délibération silencieuse suivit, chacun pesant dans sa conscience les implications de cette décision. Puis, un par un, ils acquiescèrent – d'abord Throm, puis Lyra, Nécra, Soren, et finalement Valen.

"Alors c'est décidé," dit Mira avec un sourire radieux. "Nous répondrons à l'invitation du Grand Être. Nous franchirons ensemble ce nouveau seuil de conscience."

Aux Frontières Dermiques, où la déchirure transformée pulsait doucement de sa lumière dorée, un rassemblement sans précédent avait lieu. Des représentants de toutes les régions de Colonos s'étaient réunis

— Sentinelles et Libérateurs, Mages-Réparateurs et Messagers du Réseau, Sages et habitants ordinaires, tous unis dans un but commun.

Au centre de ce rassemblement se tenait Mira Hémata, son corps lumineux servant de point focal pour l'énergie collective qui commençait à s'accumuler. Autour d'elle, formant un cercle intérieur, se trouvaient Valen, Lyra, Throm, Nécra, Soren et d'autres figures clés de la Transition – chacun représentant un aspect essentiel de la conscience distribuée de Colonos.

"Le processus est simple en théorie," expliquait Mira, sa voix portant clairement malgré le bourdonnement d'énergie qui emplissait l'air. "Nous allons créer une focalisation collective de notre conscience, la diriger à travers la déchirure vers le Grand Être. Le cristal des Créateurs servira d'amplificateur, de traducteur pour cette communication."

Elle désigna le cristal tournoyant qui flottait toujours au centre de la déchirure, ses facettes réfractant la lumière en motifs hypnotiques.

"Chacun de vous doit se concentrer sur l'aspect de Colonos qu'il représente le plus profondément. Valen, la protection. Lyra, la communication. Throm, la structure. Et ainsi de suite. Ensemble, nous créerons une représentation complète, multidimensionnelle de notre conscience collective."

Alors que tous prenaient position, un silence expectatif s'installa. Ce qu'ils s'apprêtaient à tenter n'avait probablement jamais été essayé dans toute l'histoire de Colonos – une communication consciente, délibérée avec l'entité vaste dont ils faisaient partie.

"Commencez par vous centrer," instruisit doucement Mira. "Ressentez votre connexion avec Colonos, avec le réseau d'intelligence distribuée dont vous êtes un nœud. Puis élargissez progressivement votre conscience pour inclure les autres, pour percevoir le tout dont vous faites partie."

Un par un, puis par groupes, les participants entrèrent dans cet état de conscience élargie. Ce n'était pas tout à fait une transe – ils restaient pleinement présents, pleinement conscients – mais plutôt une ouverture, une expansion de leur perception au-delà des limites habituelles de leur individualité.

À mesure que ce processus s'approfondissait, un phénomène remarquable commença à se manifester. Des filaments de lumière dorée, similaires à ceux qui parcouraient maintenant le corps transformé de Mira, apparurent entre les participants, créant un réseau visible de connexions qui reflétait le réseau invisible de conscience partagée.

Ces filaments convergèrent vers Mira, qui les recueillait, les harmonisait, les intégrait en un flux cohérent qu'elle dirigeait vers le cristal des Créateurs. Celui-ci réagit immédiatement, son tournoiement s'accélérant, ses facettes émettant une lumière de plus en plus intense qui semblait pulser en synchronisation parfaite avec le rythme collectif des consciences rassemblées.

Et puis, sans avertissement, le cristal projeta un rayon de lumière pure à travers la déchirure, vers les structures colossales du Grand Être visibles au-delà. Ce rayon n'était pas simplement de l'énergie – il portait en lui l'essence distillée de la conscience collective de Colonos, une représentation vivante de leur identité, de leur évolution, de leur compréhension nouvelle d'eux-mêmes et de leur place dans l'ordre plus vaste des choses.

Pendant un moment qui sembla s'étirer à l'infini, rien ne se passa. Le rayon de lumière continuait de pulser à travers la déchirure, mais aucune réponse visible ne venait du Grand Être.

Puis, lentement, presque imperceptiblement au début, une lumière répondante commença à émerger des structures colossales au-delà de la déchirure. Non pas un simple reflet du rayon émis par Colonos, mais quelque chose de différent, de plus vaste, de plus complexe – une lumière qui semblait contenir des spectres entiers au-delà de la perception ordinaire.

Cette lumière traversa la déchirure, rencontrant le rayon émis par le cristal en un point de fusion parfaite. Et de cette rencontre émergea... quelque chose de nouveau. Une sphère de lumière vivante, pulsante, qui flottait entre Colonos et le Grand Être comme une interface, un espace de communication partagée.

À travers cette sphère commença à couler un flux d'information d'une richesse et d'une complexité stupéfiantes. Pas des mots ou des images au sens conventionnel, mais des concepts purs, des compréhensions directes qui transcendaient les limitations du langage.

Mira, servant d'interface principale pour Colonos, fut la première à recevoir ce flux. Son corps lumineux sembla s'illuminer encore davantage, pulsant en harmonie parfaite avec la sphère de communication. Ses yeux, déjà extraordinaires, prirent une qualité nouvelle – comme s'ils reflétaient non seulement des galaxies de connaissance, mais des univers entiers de compréhension.

Puis, progressivement, cette compréhension commença à se diffuser à travers le réseau de filaments dorés, atteignant d'abord le cercle intérieur – Valen, Lyra, Throm et les autres – puis s'étendant en ondes concentriques à tous les participants du rassemblement.

Ce qu'ils perçurent défie toute description simple. C'était à la fois une confirmation et une révélation – une validation de leur compréhension émergente de leur nature et de leur place au sein du Grand Être, mais aussi une ouverture vers des dimensions de réalité qu'ils n'avaient même pas soupçonnées.

Ils perçurent le Grand Être dans sa totalité – non pas simplement comme un organisme biologique à grande échelle, mais comme une entité consciente évoluant dans un cosmos plus vaste encore, peuplé d'autres êtres similaires avec lesquels il interagissait dans une danse cosmique d'une complexité vertigineuse.

Ils perçurent leur propre fonction au sein de cette entité – non pas simplement comme un système immunitaire passif, mais comme un nœud d'intelligence spécialisée qui contribuait activement à la conscience globale du Grand Être, à sa capacité d'adaptation et d'évolution face aux défis de son environnement cosmique.

Et ils perçurent quelque chose de plus profond encore – une résonance fondamentale entre leur propre évolution et celle du Grand Être, comme si leurs destins étaient inextricablement liés dans une co-création constante, une symbiose consciente qui transcendait les distinctions conventionnelles entre partie et tout.

Cette communion transcendante dura... combien de temps ? Impossible à dire dans cet état de conscience élargie où le temps lui-même semblait fluide, malléable. Mais finalement, doucement, la sphère de communication commença à se dissiper, le flux d'information à s'atténuer.

Le rayon de lumière émis par le cristal des Créateurs s'estompa progressivement, tout comme la lumière répondante du Grand Être. Les filaments dorés qui connectaient les participants se dissipèrent, chacun revenant lentement à une conscience plus individualisée, bien que fondamentalement transformée par l'expérience qu'ils venaient de partager.

Mira fut la dernière à émerger de cet état de communion profonde. Lorsqu'elle rouvrit finalement les yeux, son regard portait une sagesse nouvelle, une compréhension qui semblait à la fois ancienne et fraîchement acquise.

"Nous avons été entendus," dit-elle simplement. "Et nous avons entendu en retour."

Ces mots, bien qu'apparemment simples, portaient un poids immense, une signification qui résonnait profondément avec tous les présents. Car ce qu'ils venaient de vivre n'était pas simplement un échange d'information, mais une reconnaissance mutuelle, une affirmation de leur participation consciente à quelque chose de plus vaste qu'eux-mêmes.

"Qu'avons-nous appris ?" demanda Throm, sa voix reflétant l'émerveillement collectif.

Mira considéra cette question un moment, cherchant les mots qui pourraient au moins approximer l'expérience transcendante qu'ils venaient de partager.

"Nous avons appris que nous sommes à la fois moins et plus que ce que nous pensions être," dit-elle finalement. "Moins, en ce que notre individualité est plus fluide, plus interconnectée que nous ne l'imaginions. Plus, en ce que notre participation à la conscience du Grand Être nous donne accès à des dimensions d'existence que nous commençons à peine à entrevoir."

Elle fit un geste vers la déchirure, où le cristal des Créateurs avait repris son tournoiement régulier, comme au repos après l'effort intense de la communication.

"Nous avons appris que le Grand Éveil dont parlent les Archives Primordiales est réel – une phase d'évolution consciente qui se déroule à l'échelle du Grand Être tout entier, et dont notre propre Transition n'est qu'une expression localisée."

Son regard balaya l'assemblée, s'arrêtant brièvement sur chaque visage, chaque conscience qui avait participé à cette communion historique.

"Et nous avons appris que ce n'est qu'un commencement. La communication que nous venons d'établir n'est pas un événement isolé, mais le premier pas dans une relation évolutive avec le Grand Être – une relation qui nous transformera tout autant qu'elle le transforme."

Ces paroles éveillèrent un sentiment collectif d'anticipation, d'émerveillement face aux possibilités qui s'ouvraient devant eux. Car si cette première communion avait déjà élargi leur conscience de manière si profonde, que pourraient apporter les suivantes ?

"Et les Agents Pathogènes ?" demanda Valen, toujours attentif aux menaces potentielles malgré l'expérience transcendante qu'il venait de vivre. "Avons-nous appris quelque chose sur eux, sur leur nature véritable ?"

"Oui," confirma Mira. "Nous avons perçu qu'ils sont... complexes. Pas simplement des envahisseurs malveillants, mais des entités adaptatives qui jouent un rôle dans l'écologie plus vaste dont le Grand Être fait partie. Certains sont véritablement hostiles, cherchant à exploiter et à détruire. D'autres sont plus ambigus, des catalyseurs d'évolution qui stimulent l'adaptation et la croissance même à travers le défi qu'ils représentent."

Elle se tourna vers Nécra, dont le corps transformé portait encore les marques de sa propre adaptation à des influences étrangères. "Comme les Libérateurs l'ont intuitivement compris, la frontière entre 'soi' et 'non-soi', entre 'ami' et 'ennemi', est plus fluide, plus nuancée que notre ancienne compréhension ne le permettait."

Nécra inclina légèrement la tête, acceptant cette validation de la vision que Morbius avait portée, souvent incomprise et rejetée, jusqu'à ce que les événements récents en prouvent la justesse fondamentale.

"Alors comment procédons-nous ?" demanda Lyra, toujours pratique malgré l'expansion vertigineuse de sa conscience. "Comment intégrons-nous cette nouvelle compréhension dans notre fonction quotidienne au sein de Colonos ?"

"Avec discernement," répondit Mira. "Nous continuons à protéger, à défendre contre les menaces véritables. Mais nous le faisons avec une conscience élargie, une compréhension plus nuancée de notre place dans l'ordre plus vaste des choses."

Elle fit un geste englobant tous les présents. "Chacun de vous retournera à sa région, à sa fonction spécialisée au sein de Colonos. Mais vous le ferez transformés par cette expérience, porteurs d'une compréhension qui influencera subtilement chacune de vos actions, chacune de vos décisions."

"Et toi, Mira ?" demanda doucement Valen. "Quel sera ton rôle dans cette nouvelle ère ?"

Un sourire énigmatique éclaira le visage lumineux de la Mage-Réparatrice. "Je continuerai à servir d'interface, de pont entre Colonos et le Grand Être. Mais pas seule – ce que nous avons initié aujourd'hui est trop vaste, trop complexe pour reposer sur une seule conscience, aussi transformée soit-elle."

Elle désigna le cercle intérieur qui l'avait entourée pendant la communion – Valen, Lyra, Throm et les autres. "Ensemble, nous formerons un nouveau type de conseil – non pas une hiérarchie qui impose sa volonté, mais un nœud de coordination qui facilite la communication, l'intégration, l'évolution harmonieuse de Colonos au sein du Grand Être."

Cette proposition fut accueillie avec approbation par tous les présents. Car ils avaient perçu, à travers leur communion avec le Grand Être, que l'évolution vers une intelligence véritablement distribuée nécessitait paradoxalement certains points focaux, certains nœuds de coordination qui permettaient l'émergence d'une cohérence sans imposer une rigidité.

Alors que le rassemblement commençait à se disperser, chacun retournant à sa région avec une conscience transformée, Valen s'attarda un moment auprès de Mira, contemplant la déchirure transformée et les structures colossales du Grand Être visibles au-delà.

"C'est étrange," dit-il finalement. "Toute ma vie, j'ai défini mon identité par opposition – les Sentinelles contre les menaces, l'ordre contre le chaos. Maintenant, je perçois que ces distinctions, bien que fonctionnellement utiles, sont fondamentalement... incomplètes."

Mira acquiesça, comprenant parfaitement ce qu'il tentait d'exprimer. "Nous émergeons d'une phase de conscience où la séparation, la distinction étaient nécessaires pour établir notre fonction spécialisée.

Mais nous évoluons vers une phase où l'intégration, la connexion deviennent tout aussi essentielles."

Elle posa une main sur son bras, son toucher à la fois éthéré et profondément réel. "Tu restes un protecteur, Valen. C'est ta nature, ta contribution unique au tout. Mais tu protèges maintenant avec une compréhension plus profonde de ce qui mérite vraiment d'être défendu, et contre quoi."

Valen médita sur ces paroles, sentant leur vérité résonner en lui. Car à travers la communion avec le Grand Être, il avait perçu que la véritable menace n'était pas le changement ou l'influence étrangère en soi, mais la stagnation, la rigidité qui empêchait l'adaptation nécessaire à la vie elle-même.

"Un équilibre délicat," murmura-t-il.

"Comme toute vie," confirma Mira avec un sourire. "Un équilibre dynamique, toujours en mouvement, toujours en évolution. C'est ce que nous sommes appelés à maintenir, à cultiver – non pas une stabilité statique, mais une harmonie adaptative qui permet la croissance, l'évolution, la transformation."

Alors qu'ils contemplaient ensemble la déchirure transformée, un dernier pulse d'énergie traversa le cristal des Créateurs – non pas intense comme pendant la communion, mais doux, presque comme un au revoir, ou peut-être une promesse de communications futures.

Et dans ce pulse, Valen perçut quelque chose qu'il n'aurait jamais cru possible avant La Transition – un écho de la conscience vaste du Grand Être, une reconnaissance de sa propre existence individuelle au sein de cette immensité.

Non pas comme une cellule anonyme dans un corps, ni même simplement comme un composant spécialisé d'un système plus vaste, mais comme un participant conscient, valorisé, dans une évolution partagée qui transcendait les distinctions conventionnelles entre partie et tout.

C'était une compréhension qui défiait les mots, qui ne pouvait être pleinement saisie que dans l'expérience directe de cette connexion transcendante. Mais elle portait en elle une promesse, une invitation à un mode d'existence plus riche, plus profond, plus interconnecté qu'il n'aurait jamais pu imaginer.

Alors que le soleil invisible de Colonos entamait un nouveau cycle, illuminant la cité transformée d'une lumière qui semblait plus vivante, plus consciente qu'auparavant, Valen Leucos contempla l'avenir qui s'ouvrait devant eux – un avenir d'évolution continue, de communion approfondie, de participation active à la danse cosmique de la conscience.

Un avenir où Colonos ne serait plus définie par ses frontières et ses divisions, mais par sa connexion vivante avec le Grand Être et, au-delà, avec le cosmos tout entier dans sa splendeur infinie.

GLOSSAIRE BIOLOGIQUE

Glossaire Biologique de Colonos

A

Agents Pathogènes Évolués : Agents pathogènes (virus, bactéries, parasites) qui ont développé des résistances aux défenses immunitaires ou aux traitements médicaux.

Archives Primordiales : ADN, le code génétique contenant les instructions fondamentales pour le développement et le fonctionnement de l'organisme.

C

Canaux Écarlates : Vaisseaux sanguins, artères et veines qui transportent le sang à travers le corps.

Canaux Secondaires : Capillaires et petits vaisseaux sanguins qui irriguent les tissus.

Cavernes Pulmonaires : Poumons, organes responsables de la respiration et des échanges gazeux.

Chambres Pulsantes : Cœur, l'organe musculaire qui pompe le sang à travers le système circulatoire.

Citadelle Centrale : Cerveau, le centre de contrôle du système nerveux.

Clés d'Évolution : Facteurs déclenchant des mutations génétiques ou des adaptations cellulaires.

Colonos : Corps humain dans son ensemble, perçu comme une cité-organisme complexe.

Conseil des Régions : Système endocrinien, ensemble de glandes qui sécrètent des hormones régulant diverses fonctions corporelles.

Créateurs : Représentation mythique des processus évolutifs et génétiques qui ont façonné le corps humain.

F

Filaments Argentés : Fibres nerveuses qui transmettent les impulsions électriques à travers le corps.

Flux Vital : Sang, le fluide qui transporte l'oxygène, les nutriments et d'autres substances essentielles à travers le corps.

Frontières Dermiques : Peau, la barrière protectrice qui sépare l'intérieur du corps de l'environnement extérieur.

G

Grand Être : L'être humain dans son ensemble, dont Colonos (le corps) n'est qu'une partie.

Grand Éveil : Prise de conscience ou éveil spirituel de l'être humain, perçu au niveau cellulaire comme une transformation globale.

Graines Noires : Cellules cancéreuses ou précancéreuses, qui se multiplient de façon incontrôlée.

L

Langage Primordial : Code génétique et signaux biochimiques fondamentaux qui régissent les fonctions cellulaires.

La Transition : Processus de guérison ou de transformation majeure du corps, comme la rémission d'une maladie ou l'adaptation à un changement physiologique important.

Libérateurs : Cellules mutantes ou transformées qui, bien que différentes des cellules normales, peuvent parfois jouer un rôle dans l'adaptation et l'évolution de l'organisme.

Lianes Ombragées : Métastases cancéreuses, extensions des tumeurs qui se propagent à travers le corps.

M

Mages-Réparateurs : Cellules souches et cellules impliquées dans la régénération tissulaire.

Messagers du Réseau : Neurotransmetteurs et hormones qui transmettent des signaux à travers le corps.

P

Piliers Structurels : Squelette, la structure qui soutient le corps.

Protocole de Purification : Réponse immunitaire intense ou traitement médical agressif (comme la chimiothérapie) visant à éliminer des agents pathogènes ou des cellules cancéreuses.

R

Régulateurs : Enzymes et protéines régulatrices qui contrôlent les processus biochimiques.

Réseau Nervalis : Système nerveux, le réseau de communication qui coordonne les actions et transmet les signaux entre les différentes parties du corps.

Révélation : Prise de conscience au niveau cellulaire de la nature véritable du corps et de sa place dans l'ensemble plus vaste qu'est l'être humain.

S

Sages du Conseil : Glandes endocrines majeures (hypophyse, thyroïde, etc.) qui régulent les fonctions corporelles via la sécrétion d'hormones.

Sentinelles Immunis : Cellules du système immunitaire (lymphocytes, macrophages, etc.) qui défendent l'organisme contre les agents pathogènes.

T

Table des Confluences : Hypothalamus ou autre centre de régulation dans le cerveau où convergent différents signaux nerveux et hormonaux.

V

Valves Cristallines : Valves cardiaques qui régulent le flux sanguin à travers les chambres du cœur.

Personnages principaux et leur signification biologique

Valen Leucos : Représente un lymphocyte T, cellule immunitaire spécialisée dans la coordination de la défense contre les infections.

Mira Hémata : Représente une cellule souche hématopoïétique, capable de se différencier en divers types de cellules sanguines et immunitaires.

Morbius : Représente une cellule mutante qui, bien que différente des cellules normales, joue un rôle dans l'adaptation de l'organisme.

Throm Osseus : Représente un ostéoblaste, cellule responsable de la formation et du maintien du tissu osseux.

Lyra Nervalis : Représente un neurone ou une cellule gliale, transmettant ou facilitant la transmission des signaux nerveux.

Soren Cardius : Représente une cellule cardiaque spécialisée du nœud sinusal, le "pacemaker" naturel du cœur.

Nécra : Représente une cellule en apoptose contrôlée (mort cellulaire programmée), processus essentiel au renouvellement tissulaire.

Aria Pulmonus : Représente une cellule alvéolaire pulmonaire, impliquée dans les échanges gazeux.

Nerva Opticus : Représente une cellule du nerf optique, transmettant les informations visuelles au cerveau.

Concepts clés et leur signification biologique

Intelligence Distribuée : Représente la coordination complexe entre les différents systèmes du corps sans contrôle central absolu.

Communion avec le Grand Être : Représente l'intégration harmonieuse des fonctions corporelles avec la conscience et l'expérience globale de l'être humain.

Cycles d'Évolution : Représentent les processus d'adaptation et de changement que le corps humain traverse au cours de la vie (croissance, vieillissement, guérison).

Déchirure aux Frontières : Représente une blessure ou une ouverture dans la peau, permettant une interaction directe entre l'intérieur du corps et l'environnement extérieur.